練習簿

董啟章 著

練習簿

作者／董啟章
總編輯／馬鎮梅
責任編輯／沈怡菁
美術設計／劉碧雲
出版發行／突破出版社
香港沙田亞公角山路33號突破青年村
電話：2632 0000　傳真：2632 0388
電郵：breakthrough@breakthrough.org.hk
網址：http://www.breakthrough.org.hk
http://www.btproduct.com
承印／陽光印刷製本廠
2003年1月初版1刷
2025年8月初版19刷

The Exercise Book
by Dung Kai Cheung
First Printing, First Edition, January 2003
Nineteenth Printing, First Edition, August 2025

Printed in Hong Kong
ISBN 978-962-264-373-4

本書採用環保油墨印刷

或坐在巨人的肩膀上，或呷一口書香，讓我們的生活漸次提升，讓眼界更見遼闊。

紀念冊

小冬校園

家課冊

合訂版序

成長的練習簿

我第一本出版的書，是《紀念冊》，那是一九九五年，也即是七年前的事了。再前一年我剛剛拿到台灣聯合文學小說新人獎，因此得到當時突破出版社的叢書編輯留意，邀請我在突破出書。然後接續又在突破出了《小冬校園》和《家課冊》兩本小說，和《紀念冊》同屬「成長系列」的小書。這三本書開度雖小，篇幅不長，但都是精心之作。另外，雖然以中學生為對象，但我下筆的時候，除了選材環繞他們熟悉的校園生活，在手法方面並沒有刻意遷就，所以有人覺得，以青少年讀物來說有些地方是比較深奧難明。不過，從讀者的反應我知道這是過慮了。現在不少年輕人固然對文字作品缺乏興趣和理解，但一點困難也沒有就十分喜歡這三本小書的青年讀者也大有人在。我近年因為工作的關係常常接觸中學生，他們當中認識我的也都是因為這三本小書。也常常有同學和老師問我怎樣可以買到這些書，因為在坊間好像愈來愈難看見了。特別是《小冬校園》，多次有學校想選定作學生課外讀物也訂購無門。對此我實在愛莫能助。所以，現在突破機構決定重印這三本小書，並且把它們合成一冊，這些小故事彷彿又得到了新的生命。它們又可以和更多讀者接觸了。

在這三本小書之外，這些年來我也寫了好些被認為是文學性較強（也即是較深奧難明？）的書。在一些成年讀者眼中，這三本成長小說似是輕省之作，或者遊戲文章，沒有我其他的「重頭」作品深刻。我自己卻從沒有這樣想。這三本小書對我其實極為珍貴，也貫徹了我在他處的主要寫作取向，這點只要細心全面閱讀我的書就可以清楚看到。也可以說，這三本書是我作為一個小說作者的成長的練習簿，當中有想像力的大膽發揮，但也肯定有生澀、粗疏、急躁和不足之處。我希望經過這些年的「練習」，自己的創作也得到長足的進展，但回顧那些「練習」本身，卻也相信它們絕不會因為幼嫩的技巧和實習的意圖而減損意義。相反，當我重讀這些篇章而驚訝於裏面那些不受拘束不守規矩的肆意奇想時，我就可以放心說，它們還有一再閱讀的價值。

在我寫過的書當中，我最常聽見讀者朋友說喜歡看的，是《小冬校園》。也許，在某種個人意義下，《小冬校園》是和我自己最親密的書，因為裏面包含了關於創作最核心的東西。而一個我最常被問到的問題，就是：小冬是你自己嗎？我按照作者和作品中的人物保持距離的慣例，一般也回答說：不是，或者部分是。不過，為什麼我要為一個如此簡單的問題而忸怩？為什麼不能暫時放下文學理論的教誨，感情用事地直截了當說一句：是的，小冬就是我？小冬就是那個在想像中創造自己的世界的少年。當然，我已經不再是少年，還剛剛成為父親了。年齡是無法逆轉的事情，但成長並不會因此終止。肉體總會有衰老之時，惟想像力生生不息，變化無窮。所以，我將繼續練習下去。

是以，以《練習簿》為題，紀念一個持續成長的模式。

董啟章

2002年10月25日

紀念冊

序——《紀念冊》的話

人們一般也不太習慣聆聽物件的説話。

尤其是在這個物質豐裕的時代，物件迅速被消耗、拋棄。

但物件並不是啞默無語的，我們絮絮叨叨，甚至眾聲喧嘩。只要你稍稍靜心下來，你便會聽見我們的説話。

作為《紀念冊》這本書，我也算是一個新生的物件。在我裏面載錄了許多物件的話語，它們有着不同的性情和語調，但它們絕對不是隱喻。所以，在聆聽這些物件的話語的時候，大概也毋須揣測它們「代表」什麼。一枝粉筆，或是一個粉刷，也不過是一枝粉筆和一個粉刷。而我，也就是實實在在的一本書。

我所載錄的物件話語，原先曾刊載於《星島日報》〈陽光校園〉的「故事旅途」版，初時名為「校園精靈」系列，但既然物件就是物件，也就不用談什麼「精靈」了，不如就還原物件的本貌吧！

因為是在校園報上發表，所以我所載的物件也與校園有關，如果在它們的故事中觸及同學們的學校生活，那也是無可避免的事情。有些同學也許會説，實在看不明白啊！你們究竟在説什麼？對於這種反應，我們並不會特別驚訝，因為各位可能不太習慣聽跟你們不同的聲音，更遑論是物件的聲音了。可是，如果你們拋開成見，放開心懷，跳出平常的思想和閱讀框框，也許你們會發現，其實你們跟我們亦會有共通的地方。

非人，也許亦是理解人的一個途徑。物化，也許亦是理解物的一種方式。而你們課堂上談的什麼「擬人」，反而是我們所深為反感的。如果你們不介意，請你們多嘗試體會我們的感受。

順帶一提的，是那個叫做董啟章的作者，勞煩他作了我們的工具，借他的手寫出了我們的故事。既然他做了一點事情，我們也絕不吝嗇，就讓他來充當這本書的作者吧！

作為一本叫做《紀念冊》的書，我惟一的希望，是讀者們會有興趣翻翻我。

這，就是一本書的存在意義。

紀念冊

我喜歡作為紀念冊，是因為我以為紀念冊是校園生活的精髓之所在。多年同窗生涯，以誠切感人的言語總結於印刷浪漫精緻的小冊子內，它差不多比得上初戀的寶貴記憶。但我的紀念冊生涯令我知道，其實紀念冊和作文功課沒有兩樣，同是千篇一律，以美化、造作的語言為優質的標準。不過這也不是一件壞事，紀念冊提供了惟一的一個必須對同學説好話的機會，而當好話留存下來，大家便有了美好回憶的依據。

當小美把我交到歐慧敏手中的時候，她並不知道違反紀念冊的規則將會為她帶來多痛苦而不必要的經驗。

當然，在歐慧敏之前，我已經接續地落到不同的手中，給不同的或端正或扭曲的字迹紋上皮膚。因為我身為紀念冊，而寫紀念冊又是極之隱祕的一項行為，所以我洞悉了寫紀念冊不為外人道的各種痛苦。莫尼加自中三已經和小美同班，但大家只是半生不熟的朋友，當小美邀請她為自己寫紀念冊的時候，她便頗費了一點氣力才能制止着臉上的不耐煩。莫尼加手上還有三本紀念冊未完成，而模擬考試已經近在眉睫。但沒有人能拒絕紀念冊，它有一種神聖不可侵犯的意味，這使我感到驕傲。

若不是小美剛剛和她交換了一份從校外弄回來的筆記，莫尼加大概也不會有足夠的感情動力去仔細完成小美的紀念冊吧！莫尼加按先前各人所佔的頁數決定自己和小美的交情大概應該鋪寫的長度，苦心地動用她那有限的詞彙寫成了洋洋五百字的友情宣言，當中當然提及交換筆記一事，以曉示大家同窗之間的慷慨。

小美為着這位泛泛之交的衷心祝福而暗暗感動。小美是個單純的女孩子，她信奉紀念冊式的美好世界。我當場想說什麼，但又說不出來，我說的盡是別人借我說的話，這使我感到有點內疚，覺得自己有點不忠誠。小美並沒有察覺到我的不安，她費盡心神地為別人寫紀念冊，竭力從記憶中搜刮出具有代表性的片段來說明彼此深切的聯繫；她甚至相信，這些聯繫會永不斷絕。

我所目睹的最深為紀念冊所困擾的，是老師們。當我和另外六本紀念冊堆放在張老師跟前的時候，我深切地體會到她的煩惱。一個好老師的苦處，是她永遠不能讓學生失望，而且時刻要準備一大堆光明、正面、積極而且富激勵性的言辭。寫紀念冊，往往給甚至以文字為專長的語文老師江郎才盡、精枯力竭的感受。碰巧張老師自身在家庭方面發生了一些不如意的事情，於是她便把自己當作半個對象，揮筆在我身上空泛地豪言壯語一番，聊以自慰。小美讀來，猶如「度身訂造」，為張老師對自己的體察入微而無法入睡。

我開始為小美擔心了，我自覺為她締造了一個不太真實的世界，而當我被交到歐慧敏手中的時候，我便預料到不幸的事情即將發生。歐慧敏是班中成績最優秀的學生，那亦自然成為了最受人懷疑和排斥的人物，不幸名字又和某玉女歌星相似，但樣貌卻相距甚遠，所以常常被同學引為笑柄。對於在學業上自己無法打敗的對手，取笑便是最具攻擊性和自我安慰的手段。可是小美並不這樣想，她已經得到了所有人的愛護，還欠缺的，便是贏取歐慧敏的友誼。於是，小美在全班眾目睽睽之下邀請歐慧敏給她寫紀念冊，心中暗暗感到自己的行為有一種高尚的味道。歐慧敏先是推辭說：我不懂得寫紀念冊！但小美卻加倍熱情地說：怎樣寫也可以啊！只要寫出你對我的感受，寫得真！

就這樣，我便落入了歐慧敏的書包，來到她家中的書桌上。這是她第一次寫紀念冊，她真的有點不知所措。她也不知道她之所以不寫紀念冊是因為沒有人請她寫，還是她自己不願意參加這種虛情假意的玩意。把人家交換紀念冊的情態看在眼底，她不止一次在心裏暗說：這些人多可憐啊！這麼快便學會了公式化的酬酢活動！但現在輪到她自己要寫紀念冊了，她究竟要怎樣寫才能令自己不致陷身於庸俗的潮流，才可以超越膚淺的感受？我在她跟前躺着，大家也啞口無言。

歐慧敏寫的紀念冊文字，是我所經歷的最認真而坦誠的一篇，但也是最不顧大體的一篇。我真的有點惱恨自己沒有能力從小美的手中跳出來，阻止她看這段文字，但她還是看了，囫圇吞棗地通篇覽讀。她給深深地刺傷了，她期待的不是斬釘截鐵的批評，也不是充滿委屈不平的控訴。更關鍵的是，歐慧敏説中了小美性格中的缺點：小美只看見自己的幸福，卻看不到別人的痛苦。她在結語中説：我希望這一切在你的耳中不會是惡意的批評，而是一個誠實的朋友的意見。但這補充於事無補。小美流着淚撕去了佈滿歐慧敏的字迹的紙頁，教我痛楚難當。在小美的美好生活回憶錄中，永遠留下了撕去的紙頁的痕迹。

第二天，小美若無其事地跟歐慧敏打招呼。我知道，歐慧敏的書包中正藏着一本新買的紀念冊，但她始終沒有勇氣把它拿出來。

作為紀念冊，我體驗到學校生活中的一個奇特領域。在紀念冊的空間裏，世界充滿感謝、懷戀、理解、鼓勵和樂觀的精神，但我不敢想，當中有多少是虛應故事，又有多少是一廂情願。

我悄悄地躺在小美的記憶抽屜裏。

粉刷

說我是粉刷，不如說我是課堂上的清道夫。作為清道夫，我負責清除黑板上一切已經沒有用處的東西，亦即教學過程中遺留下來的廢料。

把老師們在教學過程中費盡腕力於黑板上塗寫的文句（或圖畫）稱為「廢料」，似乎有點不敬。但從工具性的立場來看，黑板上的文句（或圖畫）經同學們謄抄後便完成了它們的使命；而從純物理的角度來看，黑板上的文句（或圖畫）亦只不過是粉筆的微細粒子，所以把無用的粒子稱為「廢料」亦並不是太過分的說法。當然，關於文句（或圖畫）的內涵在教學上是否屬於有用的「物料」，則是作為粉刷的我所沒有能力評論的了。畢竟，我只不過是一個粉刷。

老實說，如果可以的話，我真的想整天靜靜躺着動也不動。把自己的身體使勁地在黑板上磨擦而且沾滿一身討厭的粉末（尤其是那些彩色的），實在不是一件有趣的事情。最令人氣惱的，是有些缺乏常識的人（包括老師和學生）還會把我弄濕然後才拿我來擦黑板，以為這樣會擦得乾淨些，殊不知這樣反而令粉末粘結在我的身體上，使我提早報廢。所以，我討厭水，討厭潮濕。我喜歡乾乾爽爽，靜靜躺着，最好不用我碰那些塵埃。塵埃是可以致命的啊！

也是因為這個緣故，我最喜歡教英語的胡老師。從我個人的觀點出發，胡老師簡直是模範老師，因為他授課時差不多從來不在黑板上寫字；進得課室來，在教師桌前擺好架勢，開口即成課文。我知道同學們中文課本上提過有一個叫做孔子的聖人，述而不作，大概就是胡老師那種風範，講而不寫，是一種好楷模。有時候，胡老師也會作興在黑板上寫上一兩個十分難拼的生字，一顯淵博的學識。這個我也不太介意，因為抹掉十來個字母並不算是太費工夫。

相反，教中文的周老師則有點欠缺萬世師表的素質了。她也教過《論語》吧！但對此書的精粹卻未能身體力行，老是作而不述。甫一進門，周老師便會在同學喧嘩的背景音樂中開始自黑板的右上角寫字，過程中不哼一聲，直至寫到黑板左下角為止。坐在前排的一兩個同學也許會跟隨着周老師埋頭苦幹，展開書寫速度上的追逐賽，而其餘的同學則獲得一段頗長的休憩或嬉戲時間。最後受苦的當然是我。試想想，要擦去整個黑板上密密麻麻的文字，這是多麼吃力的作業！可恨的是有些同學因為想騰出時間做些別的事情，不時假裝熱心於抄筆記，還舉手發問關於有些看不清的字句，這使周老師變本加厲地沉迷於這種黑板作業。到周老師好像想說點什麼的時候，下課的鈴聲已經響起。我也不知道，周老師是否聲帶有毛病，還是長期患了感冒。

有時候聞知校園內談起環保的話題，總覺得課室是一個最不環保的地方。辛辛苦苦耗費一盒又一盒粉筆寫在黑板上的筆記，除了印記在少數同學的筆記本上，瞬即灰飛煙滅。而當中能夠在同學於解答試題時重新再現的百分比更加是低乎其低。所謂「知識」，或是具有「知識」的面貌的粉末，在黑板上作其不超過三十分鐘的粘貼，便告用完即棄，給我毫無情面的打掃掉。有時候我的確覺得有點兒浪費。黑板上的文字和「知識」沒法循環再用，我足迹過處絲毫不存，我也覺得自己有點冷酷。不過這不是我的責任。我的責任是清除，雖然不太樂意，但也算是馬馬虎虎應付過去。

其實，我比較嚮往在空中飛行。對一個粉刷來說，這想法實在不安分守己，但與清除廢料相比，誰都會贊成飛行是比較值得嚮往的事情啊！在我們粉刷的集體記憶中，我們曾經有過一段頗輝煌的飛行史。在那個時代，我們會經常自老師的手中發射出去，以凌厲的速度劃破課室的空中，準確地擊中某些頑劣的同學的腦袋。那是我們粉刷的任務性飛行時代。後來，不知怎的，這

練習簿 21

Date:

種任務飛行愈來愈少了，終至完全停止。我們開始從嚴肅的飛行轉變為娛樂性的飛行，而這多半發生在小息或課堂之間。我們會在同學之間飛來飛去，在這裏那裏留下我們的腳印；有時候，甚至是在老師的椅子上。漸漸地，我們的航班愈來愈頻密，在課堂上亦常常得破空而過。

習慣了飛行之後，我也有點兒不太記得自己是一個粉刷了。我還以為自己是一隻小鳥，或是皮球，或者是洲際導彈。我又以為自己是嘉年華會的主角，在空中表演着令人驚歎的絕技。這比懨懨的躺在黑板下面有意思得多了！我不用再吃得滿嘴是令人窒息的粉末，反而能為同學們帶來歡樂的氣氛，這使我頓覺我的存在充滿着意義。在樂極忘形之中，有一次我呼嘯一聲飛墜在教歷史的張老師身旁，跟他的頭臉只差那一兩吋的距離。張老師畢竟年少氣盛，缺乏量度，回頭怒目尋視，拾起我便把我向一個習慣跟我玩飛行遊戲的同學狠狠擲去，讓我在那同學的臉上重重地撞擊了一下。結果那同學到校長那裏告張老師傷害學生身體，師生雙方各執一詞，僵持不下。

終於，張老師還是辭職不幹了。他一向也不太喜歡寫黑板，算是待我不錯，這實在有點可惜。不過，這跟我又有什麼關係？我不過是個渴望飛行的粉刷啊！

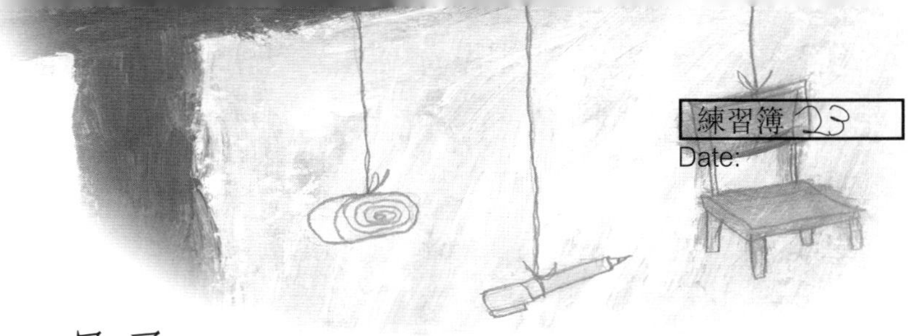

尺子

我要説的是一個歷史故事，而當我説出這個故事的時候，語調中難免流露出一點點前朝孤臣孽子般的哀怨。這個故事當然並不是關於我—— 一把尺子的，而是關於一個以蓋世武功震懾無心向學的刁劣學生和激勵發奮向上的意志的世代。這裏的所謂武功，當然亦並非指涉武俠神功之類的無稽之談，而應該理解為「以武立功」，也可形容為一種以武力達至文教效益的手段。在那個以武力提升學生的學業水平的世代，作為一把小小的尺子的我，也不過是盡我所能作出了微不足道的貢獻而已。

對於今天髮膚柔嫩如羔羊而心境強悍如豺豹的學生們而言，他們的先輩在尺子的威儀下卑屈地、委曲地存活的日子確實有如天方夜譚。先輩們長大了，他們當中有部分可能還懷着滔滔復仇之志回到校園這塊苦難之地上當起老師來，卻赫然發現原來時移世易，向學生們施以暴力教化的手段已經成為明日黃花。他們心中有點高興，但也有點失落，於是便轉為以更繁重的功課和更頻密的測驗來締造更佳的效果和疏通他們自身無處發洩的情緒。對於前朝的一切豐功偉業和惡迹劣史，也就只有作為尺子的我們能夠親身見證了。

作為尺子的我們，能夠超越丈量長度和間畫線條的庸俗功能而投身於更具震撼性的事業，完全是拜那個世代的崇高觀念所賜。在芸芸眾文具之中，惟獨是作為尺子的我們有幸被選拔為懲治頑劣學生的要員。起初這實在使我們有點受寵若驚。試想想，在漫長而單調的尺子生涯中，忽然能夠擔任一般文具也沒有資格擔任的工作，當然對於提升我們的自尊和我們在文具界中的地位有莫大的裨益。

不過，我們的得勢並不是一帆風順和沒有隱憂的。就像我吧！我不過是一把細小的軟塑料尺子，是透明的、上面以黑色和紅色分別標示英制和公制量度單位的那一種。試問以我的孱弱資質，又怎會有機會被選中替賞罰分明、鐵面無私的老師效勞？我和我的同儕們就是在這種患得患失的心情中度日，眼巴巴看着一些精壯矯健的同伴被委予光榮而殘酷的任務，既艷羨又妒忌。對於在噼啪作響的拷打中使最冥頑不靈的學生淚下如雨、悔恨當初的這種神勇威風，我們中每一個也躍躍欲試，但又苦無門路。這使我們急躁有如等待着欽點出征的戰將，忐忑如同渴望皇帝寵幸的後宮佳麗。

我們曾經目睹驚心動魄的場面，但這沒有動搖我們對鐵腕教學法的擁護。頑劣學生的「鐵腕」很快便一一在老師的鐵尺之下皮開肉綻。當其時班中有一名狡黠陰險、跋扈不馴的學生，名曰高童。他是惟一對尺子政策表示輕蔑的人，而他表示輕蔑的方法，是百折不撓地欠交功課。面對這種叛逆性的行為，江老師惟有發動大規模的鎮壓行動。身為一名女性，江老師卻絕對沒有婦人之仁。她揮動尺子的時候堅決而狠辣，有絕不手軟的風範，整治的花樣也層出不窮。她對不同質料和形態的尺子打擊在手掌上所造成的不同感覺頗有心得，為此便曾經動用過不同種類的金屬、木質和塑料尺子。此外，她又輔以膠布封嘴的刑罰，一方面打擊犯者的嬌縱自恃，另一方面又減低了哭叫時發出的噪音；而她對膠布的選擇也頗為嚴格，特別偏好撕下來的時候會產生裂膚痛楚的品種。

高童和江老師之間這場惡鬥爭持不下，難定勝負。雖然高童每一次的犯險行為也以呼天搶地的哀求告終，但他的再一次冒瀆也重新證明了江老師的無能和失敗。他那信口雌黃的詭辯和老師益發瘋狂的虐打漸漸把這場正邪之戰推上了荒謬的高峰，而更可怕的是，我的同伴一一在戰陣中以身殉職。塑料同伴們腰肢斷折而死，金屬同伴們扭曲而成為殘廢。在高童的鐵掌之上，我們向失控的原則和理想奉上我們那脆弱之軀。

目睹同伴們義薄雲天的氣概，我熱血沸騰，只求一死。我開始厭惡在紙頁上左依右傍的軟弱姿態，我覺得自己應該可以幹出更轟烈的事情。我日夜盼望能夠脱離枯燥的學術崗位，好能去打擊那些荒廢學業不學無術的無恥少年。有一天，在三巡拷打、壞了三把尺子之後，高童那傢伙竟然還在呼冤，在嘴上的膠貼後面咕嚕着他沒有抄襲別人的家課。他這一次的韌力使江老師有點訝異，但所謂抗拒從嚴，死不悔改之徒只會招來更悲慘的下場。江老師徵召了全班的尺子，以排山倒海之勢向高童施以最無情的撻伐。在我以雷霆萬鈞之態落在高童紅腫的手掌上的一刻，我終於體會到暴力是一種怎樣教人迷亂而激情的東西。

那一天，是我尺子生命中最光輝的一頁，也是最黑暗的一刻。

這種故事，現在已經沒有人再提起，也沒有人會相信它曾經發生過。在現在這個和平的年代，我只有安於尺子的本分，營營役役於點線之間，在陳腐的詞彙中懷緬那段尺子叱咤風雲的日子。

今天仍然有好像高童這種學生，但卻再沒有江老師那樣的老師了。我們冷眼旁觀，以為沒有了江老師，課室這個小世界便會烽煙四起、綱紀蕩然無存。可是，犯規者犯規，守法者守法，世界並沒有比從前更壞，也沒有比從前更好。也許，是有些地方壞了，別的一些地方卻又好了，分別也許只在於尺子除了是尺子之外，什麼也不是。新世界的秩序已經超乎了我們尺子的理解能力。

尺子永遠是公正準繩的工具，我們不知道什麼叫做偏頗，但我們不過是一件工具。

尺子之心，是無奈的。

手表

我們手表常常有一種錯覺，那就是我們總以為自己掌握着時間的控制權。這種錯覺來自人們對我們的徹底依賴，當他們要知道時間，他們不得不看看我們，然後才能得出一個時間的觀念。漸漸地，我們也以為，我們就是時間本身。這種想法，導致了我們後來的一次越軌行為，也導致了我們最終的失落。

當然，作為手表的我們也知道，在計時器的世界中，我們只處於一個從屬的地位。就說在學校中吧！時間的最高指標始終是校方的時鐘和規律性的上下課報時鐘聲，我們只能夠依照着這一套準則走動。

我們雖然有着相似的設計，以接近的速率走動，但我們其實各有自己的節奏，所以結果才會有些走得快，有些走得慢。我們也渴望着走出自己的步伐來，自家能夠成為時間的主宰。然而，渴望歸渴望，我們始終還是要服從於一些比我們龐大得多的勢力，例如學校的時鐘。我們也不知道，學校的時鐘是不是真的走得比我們準確些。這個問題也許並不重要，因為無論它準不準確，在學校的範圍內它便是時間的最高準則，我們也得調校自己以適應它的規律。

我們那無能為力，給人家牽着鼻的狀態，令我們對追求準確性心灰意冷。反正準不準確我們也只能夠是人家的翻版，完全沒有什麼個性可言。有些同僚於是轉向一個與計時工作完全無關的方向發展，它們甘願成為了裝飾品，以五顏六色、古靈精怪的樣子出現。

獨特的外表，把它們從枯燥單調而泯滅個性的手表本性解放出來，而它們也彷彿使每一個佩戴它們的同學生色不少，在整齊劃一的校服外觀上增添了一點點不規則的美感。實質上的缺乏自主便在形式上得到了補償。

相比之下，我顯然是一個土包子的模樣。我的外形乏善足陳，是最普通不過的數十元便宜貨色。一年前，周小朋隨他爸爸從大陸來港，靠人事進了這間中學，他爸爸便把我送給他作為開課禮物。那時候他還不知道，我有一個缺陷，就是每小時走慢十分鐘。

如果落在別的同學手中，我大概已經給丟到垃圾桶去了，但周小朋卻把我留下來。我也不知道這是因為我是他爸爸給他的禮物，還是因為我們彼此間有一種同病相憐的感覺。周小朋的廣東話說得不準確，樣子土氣，名字常常成為同學的笑柄，而且他對功課力不從心，除了中文和數學比較應付得來之外，其他科目也跟不上水準。考試的時候，我躺在他跟前，我走得慢，他寫得更慢。我努力地走，他努力地寫，但結果我們也落後了。小朋沒法升班，幾經求情，仍是留了級。

當同學們人人戴着 Swatch 上學的時候，小朋戴着我。我慢了，他把我調快，然後我又慢了，追不上生活的節奏。有時候我甚至想，是我害了小朋，因為對我的依戀令他無法踏進正常的軌道。大家也脫了節，跟實質脫了節，也跟外表脫了節。

有一天，不可思議的事情終於發生了。學校的時鐘忽然壞了。起先大家還未曾注意到事情的嚴重性，老師繼續講課，同學們繼續聽課或不聽課。後來，有一個同學指着手腕上的手表大叫：老師！是下課的時間了！老師停下來，看看表，卻說：哪裏呢！還有十分鐘！過了一會，又有同學嚷着是時間下課，老師說還有五分鐘，卻又有人說還有十分鐘。大家互相爭論着，好像又過了好一會，老師以為應該是下課的時間了，但隔壁的老師卻又沒有下課的迹象。於是，不同班別的老師也走出走廊，互相較量着手表，有的主張下課，有的又反對，莫衷一是。

下一課的老師來到，上一課的老師又不肯走；又或是老師已經走了，下一課的老師卻還沒有出現。有同學說是小息了，逕自走了出去；另外一些同學便說是午飯時間，開始拿東西出來吃。數學老師叫大家各自報上時間來，拿全班三十六隻手表的時間的平均數作為標準。大家便報了，最快和最慢竟然相差六小時。算出了標準時間，很多人也不服，老師戴的不是名廠表，也不敢說自己最準確。大家爭論不休，老師借故說到了下課時間，便匆匆的走了，丟下了一個爛攤子。

英文老師出現的時候，有些同學已經放學回家，剩下半班的人數。老師派了測驗卷，說限時一小時十分鐘，大家低頭寫着。不一會，有人交卷，說時間到了。有些交了卷便回家，有些見別人還在做，嚷着不公平。老師喊停筆的時候，好幾個同學還在拚命寫，各自看表，時間又不同，難定對錯，也就只得各安其所。

小朋做完測驗卷的時候，太陽已經斜斜西下，昏昏欲睡的老師說小朋的表一定是停了，拿起我來，卻見我分明是在走着，只是走得極慢，指着的正是原定下課的時間。老師沒話可說，收了小朋的卷，這是小朋第一次能夠在指定時間內把測驗卷做完。他第一次對自己產生信心。

第二天學校的時鐘回復正常，很多同學遲到，指着自己的手

表爭辯，但也給罰了站樓梯。小朋一邊跟隨着我的節拍一邊做地理科測驗，收卷的時候只做好了一半。我開始知道，原來時間與我無關，我不過是在走着，無論我怎樣走，我走不走，世界也會照樣過去，根據某些比我強大的標準。而我又沒有美貌，沒法做一件裝飾品。我只希望，小朋不要有我的命運。

鏡子

從前，這間學校是一個暮氣沉沉的地方。每一個學生也有着整齊劃一的面孔，缺乏可資分辨的特徵。他們念着一樣的課本，出入於千篇一律的課室和走廊，過着十年如一日的生活。

不過，有一天，我的出現令情況完全改觀了。一直以來，這是一所沒有鏡子的學校。在同學們去完洗手間之後，她們並不能像別的學校的學生一樣，在鏡子前給頭髮噴一點啫喱水，或是整理一下經過改裝的校服。這間學校的女孩子只能互相給對方撥一下頭髮，確定對方的樣子和學校規定的模範沒有兩樣，便安心的走出洗手間。偶爾，她們也會在玻璃窗的倒影中瞥見自己鬼影似的透明形象，但這並不足以令她們發現自己和其他人的分別。

設計這一切的，是作風果敢、無所不用其極的校長。每當她隱藏於柱子後面或是樓梯的轉角，暗中窺視她的學生如何摒棄對美貌的慾求，她便會發出一個聖潔而幽暗的微笑。她並不知道，學生們在外表方面的壓抑並不與對內心事物的追求相輔相成，但這並不要緊，因為校長其實也不過是個只注重外表的人。

像校長這樣滿腦子神聖企圖的人，一定會以為鏡子存在着一種魔性，可以亂人心神、奪人魂魄，所謂「魔鏡」是也。我無意在這方面給自己什麼評價，不過我心癢癢想搗亂一下學校的秩序倒是真的。

我選擇了全校最美麗的女孩子愛美利作為入手的對象。有一天，愛美利在學校的梯間看見地上有一塊閃閃發亮的東西，她好奇地拾起來，圓圓的、不及巴掌大的一小塊，竟然在上面看到一個面貌娟好的女孩子。只此一眼，愛美利便戀上了這個女孩子。事實上，這個女孩子就是我的化身，同時亦是愛美利自己。

第二天，愛美利以舉校嘩然的姿態踏進校門。她沒有照往常一樣把長長的頭髮束在腦後，而是讓它披在肩上；她又戴了一雙小巧的金色耳環，而且摘下了她的近視眼鏡。只不過是些微的變化，但看在習慣了枯燥無味的千百雙眼睛裏卻有點離經叛道的意味了。更令同學們瞠目結舌的是，在課堂小休的時候，愛美利竟公然掏出一面小鏡子來左右鑑照着。在我的身上，愛美利對自己深深地着迷，她認為世界上再沒有女孩子比她自己更加風華絕代，而掩藏自己的美麗就等同於一種罪惡。一個形象就這樣誕生了——「絕世美人的自己」。

更多的我開始在校園中出現，差不多每個女孩子的書包中也珍藏着一面小巧的我，也即是一個寶貴的心願，一個可供顧影自憐的形象。她們的面貌不再混淆不清、難以分辨，因為她們每個人也為自己創立了一個只屬於自己的形象——「富有才華的自己」、「有條件當歌星的自己」、「舞姿優美的自己」、「受人愛戴的自己」、「孤獨高傲的自己」、「百無一用的自己」……種種形象使校園出現了前所未有的繽紛面貌，每個人在自覺喪失自我的時候，只要掏鏡自照，便能安然釋懷。

女孩子們甚至開始不太去看人家的樣子，卻時刻以為受到所有人的注意，或是豔羨，或是鄙視，種種目光，不一而足。她們在課堂之間跑到洗手間去，卻不再互相整理頭髮或校服，而只顧各自執鏡自照，補充着那給課堂消磨去了的自我意識。有時候甚至可以在走廊上看見女學生一邊走路一邊把鏡子舉在前頭，口中喃喃低語，與他人擦肩而過，但卻互不招呼。

也許有人會説我搞得有點過分了，把女孩子們由一個極端引向另一個極端，但我的原意並非如此，而我的本性又令我不得不如此，所以你是不能怪罪於我的。

身為一面魔鏡，我的法力當然不止於此。但更高強的本領當然不是隨便施展出來的，除非是有人向我作出這方面的要求。我不會刻意去害人，但也不會去保護人免於受害。

愛美利對我，亦即是她自己的影子的愛戀日益狂熱。她沒法制止自己時刻跟我說話，發出讚歎。她愈是眨動着那雙感情澎湃的眼睛，我便愈是顯得明媚動人，使她為之心神蕩漾。她甚至禁不住要湊上來吻我，在我冰冷的表面上印下唇形的濕氣。我並不贊成她這樣做，但也沒有表示反對。終於，愛美利提出了那危險的要求，她跟我說：讓我和你結合為一吧！我再也忍受不了和你形影分離的牽掛！我答應了她。

當愛美利潛進鏡子的一刻，愛美利亦隨之消失，因為沒有人，沒有任何事物可以單純地存在於鏡子之內。鏡子是虛空的，它的魔力來自照鏡子的人，也許這亦是我既沒法為善，也不能作惡的原因。

愛美利消失於鏡子之中後，她的鏡子丟在走廊上，給校長拾去了。眼看着學生們沉迷於各自的面貌，校長心痛欲絕，決意要把校內的風紀治理整頓一番。在某一個下午，學校的訓導老師和風紀隊員大舉出動，犁庭掃穴，把全校共一千二百六十三面大小鏡子全數沒收，校園頓時一片死寂，學生們全部消失了。

在校長室內放着一千二百六十四面鏡子，鑑照出校長的一千二百六十四個面貌，展露着一千二百六十四個笑容，但笑容的含義只有一個——「至高權力的自己」。

縱使我虛空，沒有實質，沒有個性，沒有主宰善和惡的能力，但我知道，這場遊戲最終還是我贏了。

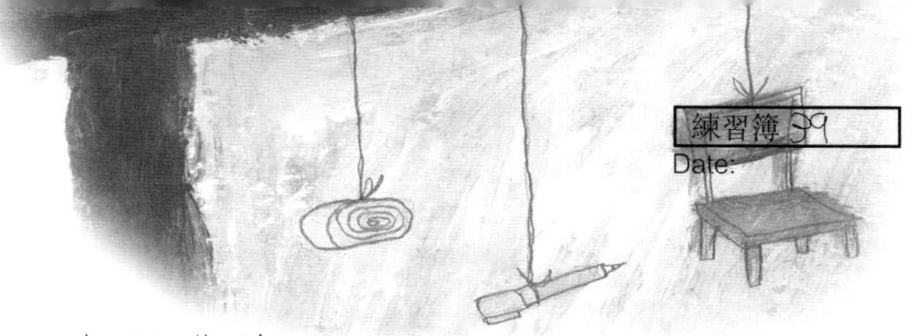

補習講義

第四講：補習講義的崛興

甲、背景

隨着考試制度的高度發展和學習風氣的日漸衰微，校方欽定的課本亦難以維持其正統地位。為求成功通過考試之門，踏上升學之路，同學們開始在教科書和正職老師以外另覓門徑，使日校課堂的功能漸漸被夜間補習班所代替。

乙、遠因

1. 考試制度有助於培養競爭性資本主義社會的接班人，使年輕人提早體驗爾虞我詐的人際關係，實習惟利是圖的處世哲學，以及及時為年輕人的思考和想像能力發展設下障礙。
2. 考試制度逐漸脱離為教育服務的大前提，反客為主，轉手段為目的，成為「教育」之繼續存在的最終意義。簡而言之，即「為考試而教育」，而非「為教育而考試」。

丙、近因

1. 正職老師在校務工作和應付學生的雙重壓力下，常因「政教合一」而不勝負荷，加上升遷機會欠佳，社會地位低微，於是漸漸萌生異心。
2. 教師中天生異稟、胸懷壯志之輩遂決志「吃裏扒外」，在正常課堂以外兼職補習社講師，實行薪金外快一把抓之積極性策略。
3. 鑑於補習社講師「為考試而教育」而屢創佳績，年輕學子們亦受其革命性精神感染，紛紛背叛本身的日校老師，於黑夜時分投身於補習社狹窄而擠擁的集會場中。
4. 家長們基於「以金錢換取成績」的信念（此乃「以金錢換取快樂」的變奏），毅然向非正統的補習勢力投下大量資金，而這方面正切合了補習講師們「以『教育』換取金錢」的宗旨，雙方遂成為了架空學校教育的鋼鐵聯盟。

丁、經過

由於正統教科書故步自封的心態，初時並未能對學生「為考試而上學」的呼求作出相應的變法。直至經濟科課本第十二代傳至一九九三年六月版的時候，正統課本的王朝已經危在旦夕。班上已經有半數學生轉投了補習講義的陣營，形成了一股不可忽視的地下力量。

九月剛開課，補習講義在其他科目的範圍亦作出了相當程度的滲透。在十月的第一次測驗中，補習講義對教科書展開了第一輪衝擊。結果補習講義以更佳的效果先下一城。老師察見測驗答案中有來自校外的勢力的痕迹，但他低估了這股力量，只是採取了姑息的政策。

由於補習講義漸漸深得人心，而同學們又因各自的利益關係而不願將講義公開流傳，所以其他同學便只有向補習社投誠一途可走。於是，各人也以自己的金錢換取了一份補習講義和安全感。補習講義開始由經濟科的地盤擴展至數學、物理、化學、生物、英語，甚至地理和歷史科的領地，並準備與教科書公開決裂。

鑑於事態的嚴重性，正統課本出動了老師增設的補充講義，企圖挽回頹勢。但這迅速演變成一場宮廷叛變，補充講義取代了教科書的地位，實行挾課本以令諸學生。在這場內部權力鬥爭之際，補習講義乘機坐大，而老師補充講義畢竟只是腐化政權的一截枯枝，在十二月的期考中不堪一擊，被忠於補習講義的學生徹底拋棄。

一九九四年一月，老師下達禁令，嚴格禁止學生使用校外材料作答，一時間有雷厲風行之勢。但在二月初的測驗中，學生紛紛以一落千丈的成績作出抗議。同年三月，第十二代經濟科課本終於遭到推翻，改以令人聞風膽喪的名補習講師兼教育署課程小組及試題小組委員劉偉正撰寫的經濟科課本為正統。於是，學生們一手劉講師的課本，一手劉講師的講義，表裏一致，內外相符，從此不用再聽班中的老師講課了。「為考試而教育」的補習講義維護着課程的大一統局面，自此人人日夜上課，好學不倦，師有所歸，徒有所循，狀元郎如雨後春筍。此史稱:「補習之治」。

戊、影響

1. 補習講師成為新一代專業人材，炙手可熱，月入為正職老師十倍以上。
2. 正職老師競相轉業為補習講師。
3. 日校形同虛設，其漫長的上課時間及繁重而沒有效益的功課和課外活動，嚴重阻礙學生的學業進度。不少學生須利用日間課堂時間睡覺，以蓄養精神參加補習班。
4. 部分日校改為夜間私營機構，以自負盈虧方式經營，重金禮聘著名補習講師坐鎮，並於日間利用校舍兼營託兒所。
5. 教育署專家提議把夜間補習班提升為正統學校，強制學生就讀，而把日校改為班餘輔助教育機構，學生可自由選擇參加與否，以期收撥亂反正之效。

參考資料

《白話校政演義》 羅網中著

《校林外史》 柳愈挺著

《我的奮鬥——
從正職老師到補習老師的心路歷程》 劉偉正著

《補習教學與後資本主義社會》 林大廣博士著

《廢除日校研究報告》 教育署學制改革小組

《紀念冊》之〈補習講義〉 董啟章著

附：歷屆試題走勢及本屆試題預測

	91	92	93	94
背景	❋			✪
遠因		❋		✪
近因		❋		✪
經過	❋		❋	
影響			❋	

校服

校服所要經常面對的苦惱，是不足為外人道的。我們常常要和我們服務的對象——同學們——作出一場制服與時裝之間的拔河，亦即是我們的責任和同學的意願之間的衝突。

有時候，我們會懷疑其實我們服務的不是同學們，而是校方。這往往使我們的責任感有所動搖，因為我們和同學們的親密身體接觸或多或少會令我們對他 / 她們產生感情。

有時候，我甚至懷疑自己應否存在。

不過，同學們對我們有時候也可以是頗為無情的。我們得隨時忍受着剪、摺、釘、拆等痛苦的整形手術，而潮流的風卻飄忽無定，在改無可改的時候，我們便只有遭到被拋棄的命運。

作為一個在心智、感情和身體上也在急不及待地發育的女孩子，慧慧安進入了人生的轉折期——她開始時刻的繫念着自己的外表會否令男孩子歡喜，並且一股腦兒地對所謂「女性」的素質照單全收。而促成慧慧安在這方面的啟蒙的，是和她同級不同班的男同學沈得志。這一切和我當然有着密切的關係，因為在學校的環境中，我令樣子平凡的慧慧安更加難以脱穎而出，贏取沈得志的好感。

同學們對我們校服的厭惡，我們早已經習以為常；我對於一些女同學們的指責更加是無言以對。我就是那種白色薄料子的夏天校服長裙，除了白色能夠反射陽光以散熱之外，我也想不到自己有什麼優點。若論外形，我可説是善於隱藏女孩子的優美體態，而且令她們彼此不分，千面一人。雖然料子單薄，但卻笨拙而並不涼快，而且透明度甚高，尤其是在炎夏渾身流汗的時候。有些同學嫌麻煩，索性在裏面穿上貼身運動短褲，俗稱「加底」，如是則輕鬆舒暢，跑跳無憂。不過，當被訓導主任以鷹狼之爪揭破裙底私隱的時候，情況可卻是教人屈辱難當的。

慧慧安對我的不滿，我是理解的，但我實在是愛莫能助。所以，當她決定把我的裙襬改短兩吋的時候，我並沒有太反感。慧慧安的相貌雖然並不出眾，但她自信自己有一雙勻稱修長的腿，短裙子可以給她挽回劣勢。

事實上，那個沈得志本身便是個改革校服的先驅。在兩年前他還是就讀中二的時候，他已經率先穿上了 YORK 的低腰超窄身和超闊腳灰色長褲，形狀就如同一枝火箭。這一年，在一些獃小子還是穿着國貨公司買的免漿燙白襯衫的時候，沈得志已經換上了最流行的麻質無漂染米白色襯衫。在「校服」這個概念的狹窄幅度內，沈得志左衝右突，意圖踏遍所有的灰色地帶。

也許，沈得志之所以吸引慧慧安，便是因為他那標奇立異的行徑。但沈得志並不是一個只懂標奇立異的傢伙，他那種在標奇立異以外的曖昧意圖，常常令他的男女同學們摸不着頭腦。為了接近沈得志，慧慧安參加了學校的辯論學會。對於沈得志的辯論才華，大家也覺得與他的個性不符，以為他應該是去搞一個時裝學會什麼的人物。辯論學會當中有不少女會員，而慧慧安發現自己的短裙並未能佔上優勢。雖然她認為自己的思辯能力不弱，但每次站在眾人面前練習演說的時候，便會為着自己毫無特色的外貌和風格而失盡自信。她總會想，沈得志就坐在下面，但在他的眼中，我和任何一個女同學也沒有兩樣。回到家中，她把我脫下來，覺得如果把腰圍改窄一點，也許會得到較好的效果。

慧慧安的機會終於來了，在班際辯論比賽中，她被選中為第二副辯，對手是沈得志的那一班，沈是主辯。辯題是：「校服應該予以廢除」。慧慧安是正方，沈得志是反方。

在比賽進行中，慧慧安暢所欲言，雄辯滔滔，指出了校服乃是一種埋沒年輕人的個性，妨礙創造力、想像力和自主性的發展的工具；校服令校園單調而缺乏活力，而且令同學與生活潮流脱節；校服的強制性也造成了反面的效果，激起了同學們的反叛心理，千方百計地違規，並對學校生活產生惡感。慧慧安終於有機會把長久以來校服所給予她的壓抑徹底地擊破了，她在演説時甚至有當場把身上的我撕破的衝動。

最後輪到沈得志作出總結辯詞。他輕鬆自若地指出正方的確是知行合一，在振振有詞地主張廢除校服的同時，也以自身改窄了兩吋和改短了三吋的校服裙來作出行動上的表態。台下當場爆出笑聲，令慧慧安羞窘不堪。然後，他慢條斯理地舉出了幾個應該保留校服的理由：第一，同學在放學後在校外犯事易於被訓導老師捉拿；第二，減低男女同學的吸引力，以遏止拍拖的風氣，令同學專注於學業；第三，免除同學們選購服裝的開支以及節省時間和精力；第四，訓練同學絕處逢生，在有限度的空間拓展自己的個人風格；第五，加強學校間敵我之分，有助於鼓勵同學在學業及體育上爭勝的決心；第六，為同學們長大後對制度毫無質疑的接納作出準備，對社會的穩定和繁榮作出貢獻；第七，避免顯得老師們的衣着落後，令老師們在上課時不致分神，也舒緩了訓導老師缺乏彈性和想像力的腦袋。

沈得志滿臉得志的輸掉了，但慧慧安覺得徹底慘敗的是自己。第二天校務處外陳列了合格的校服樣板，諭令違規者重罰。沈得志穿着一身模範校服踏進校門，舉校嘩然，慧慧安這才知道，個性並不存在於那兩三吋的裙腳，而是在一個更微妙的地方。

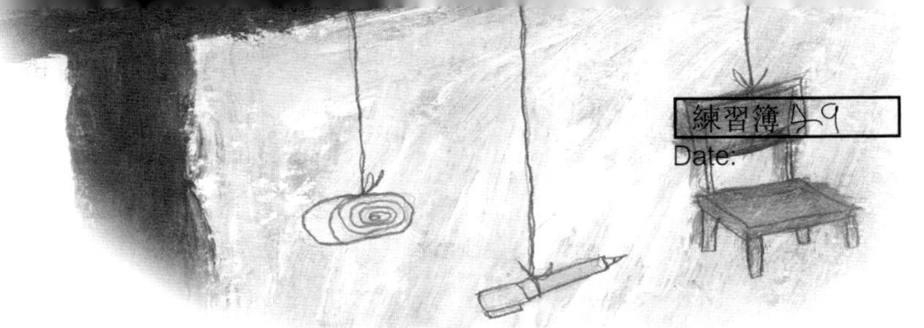

偶像閃卡

我喜歡作為偶像閃卡，原因有很多個。首先，當然是我一點點的虛榮心，因為在偶像閃卡這一物件之中，我得以和天王歌星們合而為一，享受着同學們的愛慕和崇拜；而且我又可以幻化出不同的面貌，對於調劑校園的單調生活是裨益不淺的。更重要的，是我藉着閃卡獲得了説話的權威，一種超然於老師、校長以至家長之上的權威，致使我簡直產生了成為真理代言人的幻覺。

不過，幻覺只是片刻的。我其實也了解到，我並不是暢所欲言的，我可以説的語句的內容受到極大的時空限制，而這限制又往往與一個叫做「樂壇」的時空的潮流起伏互相契合。當我認識到這一點，我也學曉了謙虛；但我還是樂於擔任我的角色，在荊棘滿途的成長路上為同學們指點迷津。

在我那仿如銀河星數的忠實支持者之中，我認為雪莉是最具有典範性的例子。我當然知道雪莉支持的並不是我，但我的存在令她跟她的偶像們維繫着貼身和貼心的關係。她當然亦不知道，我比她所戀慕的偶像們更了解她。

這一天是雪莉的生日。雖然在生日當天還要上課是一件十分掃興的事情，但她還是在清晨醒來的第一刻滿心愉快地從枕頭下面把我抽出來。這一天我的第一個面相是吳奇隆。我向她唱了〈愛出個未來〉，啟動她在生辰天對未來的美好展望。她以還未刷牙的嘴巴吻了我（亦即是吳奇隆）一下，興致勃勃地從牀上彈起來。

但上天並沒有在雪莉生日的當天特別眷顧她，在第二堂歷史課的時候，她懨懨欲睡，掏出閃卡，抽了一張黎瑞恩，頓時做着一人一個的夢想去了。但課堂間的夢總是來去也匆匆的，她給老師點名答問題，揉着惺忪睡眼，啞口無言，想向我尋求啟示，抽了一張劉德華，我惟有說：「無謂再發夢，無謂再心動，世間豈可有美夢！」聽着這句歌詞，她心中已經有一種不好的預兆。

更倒楣的事情發生在數學課上。今天派數學測驗卷，坐在雪莉旁邊的美珊拿了九十分，頗有點得意洋洋。雪莉每次想表達一點對美珊的感受，總是抽中周慧敏，要我唱一段〈虛假關係〉。這一次，雪莉照樣敷衍了美珊兩句，手中卻握着一張郭富城，聽我重複着那兩句「個個讚你乖，其實我最乖」，心中頗有點輕蔑和戲謔之意。

快要輪到雪莉拿測驗卷的時候，她又抽了一張閃卡，預測一下自己的運氣，怎料我卻是楊采妮，只唱了半句「不會哭於你面前」便給她驚恐地打斷了。她拿了個不合格，給老師嘲諷了幾句，心生不忿，本想發作，但我化成了黎天王的樣子，唱了句「Non Non 不可對抗」便把她壓住，乖乖地忍氣吞聲。雪莉在座位中還沒有翻卷子，便又翻了一遍閃卡，翻了個王菲，弄得一時滿心〈執迷不悔〉的傲骨，一時又如〈容易受傷的女人〉般的柔腸。

好不容易，我扮鄭秀文唱了十遍「叮噹！叮噹！門開不開！」小息的鐘聲才響起來。雪莉沒精打采地獨自坐在操場的角落，跟我談話，於是我先變做蘇永康唱了一段〈從不喜歡孤單一個〉和應她的心境，然後再以梁朝偉的樣子在「瀟瀟灑灑的給我瀟灑的上機」之中勾起她對她惟一的好友仙迪的回憶。當然，她現在惟一的好友是我。

在回到課室前，雪莉在洗手間幹了一件痛快淋漓的事情。她在聽過我以鄭秀文的響亮喉音發出「大報復發生」的呼聲後，決心向在廁格中的美珊潑了一桶水，並在逃跑的時候着我說了句「別問我是誰」。我是誰大概永遠沒有人知，但惡作劇的是誰很快便被揭穿了。有目擊者告發了雪莉，致使她被罰了留堂。

「良辰美景奈何天」（這是我國古代的「流行曲」，雪莉當然並不知道），雪莉下課後在校長室站了一小時，其間幸好有我相陪，她才不至於在黎明的歌聲中「go crazy」。我一時唱「完全非自由」來表示同情，一時又唱「愛你這樣傻」來加以撫慰，她的情緒才在王菲和黎瑞恩的聲音中平復下來。最後，在她終於可以踏出校門的當兒，我還以許志安的扮相以一曲〈清新雨後陽光〉令她心甜如蜜。而被愛的感覺在她到附近的商場購置一張鄭伊健的閃卡後更為變本加厲，雖然我因為還未練熟那首〈一生只愛你一個〉而有點走音。

下課是雪莉的生活的開始，她首先回家放下書包和換上露臍裝，並以劉德華的「獨自去偷歡，謝絕你監管」來抗衡母親的突發性責罵。走在愈夜愈未覺夜的城市，她的心如瀑布飛瀉，她向着與新結交的男朋友阿華約定的地點跑去，我在她的耳邊唱着：「來吧！來吧！狂熱地野！」

雪莉生日的高潮也同樣是破滅的時刻。阿華不知為何沒有赴約。雪莉呆坐在尖沙咀海旁，選了一張張學友，沉在「等你等到我心痛」的咬牙切齒中，在昏暗中好像還掉了一滴淚。然後她翻出了劉德華，我連忙變身，知道此時此刻應該跟她説些什麼，於是我唱：「無窮一分一刻都思想你，傾我一輩子心機，今生今世，亦會説起，衷心祝你，在這天 Happy Birthday！」我一邊唱，一邊心想，那阿華算什麼？我才是真正的華仔呢！此時，雪莉心中激動，手一鬆，一整疊偶像閃卡便掉到海裏去，在海港的霓虹反照中，散開成漫海的星輝，最後給一個大浪統統打到碼頭下面的垃圾堆中。

雪莉想打電話找在卡拉 OK 認識的一班 friend 出來陪她，但拿起話筒，她忽然忘記了怎樣説話，心中一片空白。而我，卻首次感到了自由。

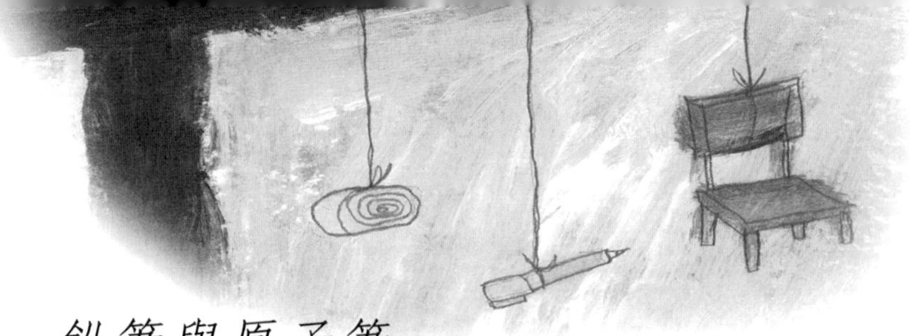

鉛筆與原子筆

發生在鉛筆和原子筆之間的，只可能是一個愛情故事。在愛情之中鉛筆和原子筆互相扶助但又互相競爭，互相補足但又互相消磨。到了最終，消磨淨盡的是鉛筆，原子筆只要換一枝新的筆芯，又可以重新寫出他的生命。這就是作為鉛筆的我的命運。

初次認識原子筆，是在小薇剛升上中六的時候。我是偉源送給小薇的開課禮物，是一種木質相當好，而且表面沒有上油漆的面貌清純的鉛筆。自我被小薇執在手中的一刻，我便開始了我的故事，也同時通過我自己知道了小薇的故事，因為小薇習慣了用鉛筆寫日記。

原子筆比我更早來到小薇的筆袋中，他陪着小薇度過會考的艱辛日子，曾經奮力地為小薇在試場上衝鋒陷陣，滿是雄赳赳的男兒本色。所以，雖然他只不過是一枝塑料的透明原子筆，有着平實而不怎麼俊朗不凡的外形，但我還是立刻便喜歡上他。那時候，我還以為自己可以清清楚楚地看透他那滿溢的心。

鉛筆和原子筆，在小薇的學校生活中佔着不同而又相關的位置。早在她中四選讀文科的時候，她已經開始在課堂上用鉛筆做筆記，然後回家再用原子筆謄寫整理。鉛筆筆記永遠只是輔助性的，它為原子筆筆記作好準備，一切也以原子筆為最終依歸。在中四那一年，小薇的中三同班同學偉源選讀了理科，但 A 和 F 兩班也教地理科，所以二人雖然天涯海角，但在交換筆記參考的過程中，感情卻比從前深了。小薇之所以覺得需要用原子筆把筆記謄寫妥當，也許便是為了這個緣故。

小薇這個做筆記的習慣現在還保存下來，而我也和從前的鉛筆們一樣並不介意當原子筆的助手。平日的記錄和草稿工夫由我來做，到了交功課或考試的時候由原子筆上陣，這似乎是最合理不過的安排。一個關於人類社會的説法，我想對於我們來説也是適用的：「在每一枝成功的原子筆背後，必定有一枝偉大的鉛筆。」當然也有只用原子筆的例子，而把兩者的關係反過來説，更加是難以想像。

小薇不十分介意自己的成績，會考的時候，她倒是擔心偉源比較多。在大家共同的科目範圍內，她總是向偉源提供筆記，她還設法抽出時間來把偉源那雜亂無章的理科筆記端正地用原子筆抄寫一遍，好使他能在溫習的時候事半功倍。而且，她對理科其實並非全無興趣。在中三選科的時候，小薇曾經考慮過選修理科，並且問過偉源的意見。偉源説：你們女孩子還是比較適合文科。這樣，小薇便選了文科，彷彿這是理所當然的。

小薇喜歡畫鉛筆畫，而這彷彿印證了她適宜讀文科的感性個性。鉛筆畫有一種隨意和即興的意味，適合情緒波動而坦率的人，因為感受驟然而至，立刻便可以拿出紙和筆形諸於線條和灰調。在會考之後的暑期，小薇作了很多偉源的人像畫，在粗細不一的筆痕中，小薇彷彿撫摸着偉源的臉龐。筆尖由鋭利變為粗鈍又變為鋭利，小薇的心情起伏不定，竭盡心神地用鉛筆把偉源的精神捕捉，把他的心思留住，但她銘刻在紙上的，只是他的形象。筆芯鈍了，插進鉛筆刨，扭動着，重新削尖，簡直心如刀割。小薇忍不住掉下淚來，偉源手足無措。他們的夏季在鉛筆畫中度過，是他們的感情最燦爛的日子，但小薇手中的鉛筆已經愈削愈短了。

開課後同學們投票選舉學生會會長，用原子筆寫下偉源的名字，這彷彿已經暗示出小薇的命運。偉源和小薇同是品學兼優的學生，同時給老師推舉為候選人。小薇在台上讀着用原子筆撰寫的政綱時，偷偷瞥了坐在旁邊的偉源一眼，忽然有點不明白自己。她想輸給他，但竟然又不甘心輸給他。結果她輸了，只當上個學生報總編輯，偉源繼承了多年來男生當選會長的優良傳統。

小薇並不明白這是什麼的一回事，她不知道假如她自願放棄競逐，全力支持偉源，事情會否無風無浪地度過。她甚至懷疑自己是否太自私，是否應該為了他而犧牲一點什麼。男孩子能夠忍受比自己能幹和優越的女孩子嗎？小薇握着我在日記本上寫上一個又一個問號。而事情彷佛已經開始不能挽回。在一次聯校活動之後，小薇看見偉源和鄰校的一個女孩子狀甚親暱地雙雙離去。小薇回想起和偉源一起的日子中，他如何給她買票、付錢、拿東西，照顧周全。現在這一切就像變得模糊的鉛筆筆迹；只有原子筆的墨水歷久常新，端正清晰，而且源源不絕，像偉源的魄力。

小薇決定寫一封信給偉源，把她的想法和感受交代清楚。她在原子筆和我之間猶豫了很久，然後她選擇了我。

這一封鉛筆信，就像一幅鉛筆畫一樣，繪出了她那模糊但卻包容的心迹。她沒有怪責誰，只是説，誰也沒有必要扮演不再適合自己的角色。

信寄出後，小薇努力地準備着一篇辯論演詞。第二天便是選拔校際辯論隊隊員的模擬辯論比賽，她的對手之一是偉源，而她決心要當選主辯。辯題是那老掉了牙的「中學生不應談戀愛」，小薇是反方。正方反方也好，小薇知道這根本不是個「應否」而是個「如何」的問題。她把我插進鉛筆刨削得尖銳，在卡片上琢磨她的詞鋒，而我只剩下那短小的一截，這個大概是我最後的任務。

我的感情消耗殆盡，我的生命即將結束；而原子筆在那裏，只要換一個心，便可以把我忘卻。我知道我的命運該當如此，但我至少慶幸小薇不會和我一樣，因為，她不是一枝鉛筆，鉛筆也不是她的比喻。

書包

我之所以被稱為「書包」，主要是由於我那微妙的處境。我和其他許多在校園出現的物件——例如筆、改錯水、鏡子、尺子等——不同，因為無論在何時何地，這些物件也只有一個名稱、一個定義。而我，則只是因為身在校園的緣故，才被冠以「書包」的名稱；在校園以外的場景，我們叫做「旅行袋」、「背囊」、「皮袋」、「布袋」、「籃子」、「手袋」或是其他的許多名稱。這些名稱往往比較接近我們的本質，但偏偏一被帶進校園，我們便無論形狀若何也被一律認定為「書包」。這就跟無論任何物品只要用作殺人便統稱為「兇器」的道理一樣。

換句話說，我們「書包」並不以形態而是以功能來作自我界定的，所以凡是能盛載書本作上學用途的皆可被納入「書包」的範疇。也因為這種界定上的靈活性和純粹功能上的取向，我們書包遂成為了校園裏惟一繽紛多姿的物件。儘管校方對同學們的校服和髮飾等如何嚴格，關於書包的選擇方面政策一向也是頗放任的。於是，各種質料、顏色、款式的書包便像無拘無束的野花一樣在單調的灰白色人羣中綻放異采。我常常想，缺少了我們書包，校園中還可以有怎樣的風景？所以，我們的結論是，書包在「美觀」這一點上面是絕對不能馬虎的，若連這方面的要求也達不到水準，對校園景色的沉悶還可以有什麼怨言？

也許有人會説：書包的作用不是裝書本的嗎？只要能夠裝書本，美不美觀有什麼重要性？會説出這種話的人眼光實在太狹窄了。書包在本質上便是一種沒有內涵的東西，是一個空殼子，不注重外表還有什麼別的可以注重？況且，雖説我們書包以盛載書本的功能命名，但在現在這個世代，真正名副其實的事情不但稀奇，而且甚至有點不太正常了。以為書包只是盛載書本，就像以為手槍的功用只是發射子彈一樣的單純而無知。

當然我們和手槍的情況也不盡相同，不過我們還是不要太執著於一個比喻。我想我還是直截了當地説出重點比較好——我認為我們書包的最大責任（比點綴風景還要大）是，隱藏祕密。當然，在隱藏祕密之前必得先載上祕密。不過這方面我們毋須操心，因為無論我們同意與否，同學們也一定總有些或大或小的私隱，不理三七二十一便往我們的肚子裏塞去。所以，就像特務人員一樣，我們的「書包」身分只是一面幌子，實質上我們正竭力維護着一件更重要的東西。

我大概也應該為自己作一點簡單的介紹。我當然不會説我姓甚名誰，也不會直接説出我的牌子，我只要提示你們我身上有最流行的格子圖案，大家自然心知肚明。不過作為書包的我，心知還是可以的，肚子卻怎樣也不透明。關於保守祕密的生涯，我大概也應該略道一二，至於長篇大論的故事，我想還是不必了。

説來不知是幸運還是不幸，我的主人小祺並不像一般的年輕人一樣有那麼多不可告人的心事。他從來也沒有把三級錄影帶或是香煙打火機之類的違禁品託付給我保管，所以我一直也只是為着懷中不合格的卷子和畫了老師的卡通化樣子的筆記本而輕微擔心而已。小祺就是那種就算挽着十公斤毒品在街上走也沒有警察會懷疑地把他截停的青年，樣貌端正而且怯羞羞的。不過，有一次小祺終於把一件分量十足的東西塞進來，一件超乎我能夠載負的東西——他的心。

在這之前，當然還有一段故事的。小祺暗戀上班中的惠文，並且開始把一些愛的書簡藏在我肚子中的暗格內。但每一次這類書簡總是在那裏呆了好幾天還沒有送出，結果又以新寫的書簡代替。有一次小祺甚至買了一個精緻的髮夾想送給惠文。試想想，如果給人發現了一個男孩子的書包中竟然藏着女孩子的東西，那會是怎樣的一種局面？髮夾終於還是沒有送出。我雖然善於隱藏祕密，但對如何宣示祕密卻是無能為力，愛莫能助。然後，小祺便決定把心交給惠文，他已經沒法再隱藏下去了。

所謂「心」，我也沒法具體説清楚，總之就是很重要的、很具有決定性的東西。你大概不必太寫實地把心看作那血淋淋的一團內臟，而把它想像成一件晶瑩剔透而且容易破碎的東西便行。總之，那一天我裝着小祺的心，好好抱着它，直至揭示的時刻來臨。但事情一定不會如想像中順利。正如我在上面説的，每一個學生的書包中也隱藏着某些祕密，而這些祕密正是老師們日夜虎視眈眈的目標。它們的存在令老師們如芒刺在背，常常寢食不安。這一天，機會來了，班中的許志達報稱他的電腦辭典給人偷了，老師立刻下令全體同學於課後不得擅離班房，待訓導老師到場調查。

是次調查在訓導老師的明驚暗喜和同學們的欲語還休中進行，自各人的書包中搜出的物品計有：何偉強的《XX 天使》三級漫畫、劉子安和鄺家碧的香煙、陳君明的《閣樓》雜誌、蔡小雯的傳呼機和黃國泰的 GameBoy。在黎詠詩的書包中則搜出了一部型號和許志達報失的相同的電腦辭典。黎詠詩堅稱是她前一天下午新買的，但沒有人相信她。結果黎和一干違規人等須留下問話。其後黎詠詩被發現在洗手間割腕以示清白。

當然，還有小祺的心。它在從我的肚子中被抽出來的一刻徹底的打碎了。除了小祺和我，沒有人看見，甚至惠文也沒有，但小祺的心的而且確在我被揭開的時候，在空氣中化為聲音之碎片，小祺的嗚咽。

獎座

作為運動獎座的初時，我的確是有過一段意氣風發的日子。看着無數學子們為了得到我而不惜荒廢學業，甚至是焦頭爛額、前仆後繼，那種感覺大概就像一個風魔萬人的絕色佳麗吧！

不過，自從我連續四年落在同一間學校的手裏，我便開始覺得有點厭倦了。而且，我也開始理解到，其實每年我也只不過有那一天的輝煌日子，其餘的時候，我也只得枯立在校務處的玻璃櫃內，與其他眾多的獎項一起度過暗淡而單調的歲月。我的情況説起來比一些同儕已經算是好一點的了，至少我每年也有一天可以離開這種鬼地方，到外面去接受一下羣眾的歡呼，而它們有的卻注定要一生一世呆在這裏，老而不死。

所以，我一切的寄望也放在今年的校際運動會上，期待着別校的運動健兒把我接過去，好使我能夠改變一下生活環境。回想當年第一次作為全場總冠軍的獎座，那種虛榮實在教人頭腦昏亂，我也自此認定奪獎的學校為我的終身歸宿。怎料第二年獎座易手，我也就流落到敵校的境內，接受另一羣師生的膜拜。這時候我才開始明白到，我不屬於任何地方，也不被任何人擁有。相反，我才是主人，呼風喚雨，主宰敵對學校間的命運。

這一天，我又再次回到田徑場上，等待着一場殘酷的爭奪戰在我的眼前展開。

我選定那間連續四屆屈居亞軍的學校為目標。只見學生會會長在賽事進行前力竭聲嘶地煽動同學們對敵校產生不共戴天的仇恨，使全體人員立刻意志激昂起來。會長由於護養聲線失當，聲音隨即沙啞了，往後惟有交由副會長及其他學生領袖帶領同學叫喊口號。看來雖然有點不濟事，會長仍然為着自己能為母校承受一點創傷而感到自豪。

這一天各同學的確人人奮勇，事事當先，其中以壓軸的四乘四百接力賽尤其峰迴路轉，場面激動人心。跑第二棒的時候，眼見己校選手已經落後到第六位，大家心裏已經涼了半截，我也以為這一年又要倒楣了。怎料來到最後一棒，運動員馬家偉忽然威風神勇，一連追了一百公尺，在喊聲震天的喝采中力壓羣雄，以一個身位之微首先衝線。

然而，當學校體育隊長把我在會場數千的觀眾面前高舉在頭上的時候，我竟然沒有預期中的興奮和激動。我彷彿生出了千百雙眼睛，看見了千百個面孔，並且看出了其中幾張臉上露出了與大部分人不同的神色。

當全體學生萬眾一心，以同一個鼻孔吸氣，以同一個嘴巴出聲，以同一隻眼睛看事物的時候，一個名叫孫名山的中四同學卻沮喪地坐在看台下面的一角。孫名山剛代表學校參加一千五百公尺的賽事，為了這場賽事，他已經連續不斷地苦練了三個月，但他只跑得第六名，沒法替學校拿到分數。這麼一來，他的參賽便形同白費了。想起自己竟然辜負了全校同學的期望，一個男兒好漢也禁不住黯然淚下了。後來知道學校贏了總冠軍，他覺得自己沒法佔上一份功勞，便加倍的失落起來。

回到看台的最高處，亦即是觀眾席的後面，那裏正躺着一個中六生郭志文。他因為在二百公尺跨欄比賽進行的時候，對一位跌倒而重新爬起來的敵校運動員表示讚賞，而給同學們圍毆一頓。當然，他一向已經是班中的不受歡迎人物，是那種隨時也會因為一些小事情而遭受懲罰的人。郭志文用紙巾抹着鼻血，十分悔恨自己就讀於這一所校風野蠻的學校。他想，在敵校的情況一定很不一樣。他不知道，他這種作風在哪裏也會遭到同一命運。

再把視線移向看台中央，那裏坐着一羣中一的學生，他們正努力地跟從着大隊的動作，爭相大聲的喊出口號。老實説，他們對一些以英文編成的口號和歌曲一竅不通，甚至連英文校歌的歌詞也看不懂和記不熟，但他們還是胡亂地依着相近的音調大呼小叫、不甘後人。他們之所以會如此落力，是因為在賽事初段他們幾個人圍在看台後面玩戰爭棋的時候，給幾個高年級的同學以嚴峻而近乎威逼的口吻訓示了一頓，説他們對學校漠不關心，全無XX精神。幾個小夥子被嚇得膽戰心驚，立刻收拾玩意兒，來到看台前加入叫囂的行列，並漸漸真的有點興奮起來，不能自已，雖然他們不很知道自己在做什麼。數以千計的含混音調合在一起，竟然變成了一個清晰而強大的聲音，這就是事情的奧妙之處。

這次運動會，還有很多大家沒有留意的事情。學生會會長聲帶受損當然不用説，其他的還有三百六十七名同學喉嚨發炎，四個同學因為比賽受傷而需延醫；其中一個膝蓋受到永久性損害而不能再跑步，二百三十一個同學在當晚失眠、六個同學因為賽後在場地附近和敵校學生展開遭遇戰而成為真正的「損手」，二十八個運動員因為落敗而自尊心受損和常常自我責備；體育老師在慶祝勝利的時候被拋起跌下而扭傷腰部等等。

接力賽英雄馬家偉同年因為會考四科不合格而不能升讀預科，獲得酌情留於原校重讀中五，次年大概會再次代表學校上陣。

我來到環境截然不同的校務處玻璃櫃內，繼續我的獎座生涯。因為銀片的氧化關係，我的表面慢慢地變得暗啞無光。

我發現，其實哪裏也是沒有分別的。

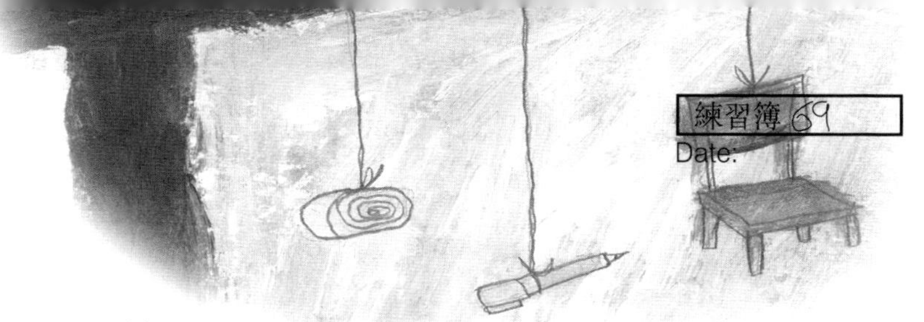

粉筆

要我講一個自己的故事，似乎有點違反我們粉筆的本質，因為我們絕對不會留下半點生命的痕迹；沒有痕迹，也就沒有什麼故事可言。當然，我們的存在，目的就是為了「説話」，在黑板上以文字或圖畫展開各種各樣的話題，但這些話統統與我們無關。我們被利用為表達的工具，但我們卻從沒有表達過關於自己的什麼，也沒有想過要這樣做。不為什麼，就只是沒有想過。

一直以來，我們也默默地幹着自己的工作，沒有什麼偉大的功勞，但也不覺得自己無聊和可憐。讓任何人拿着一枝粉筆，要他隨便談些關於粉筆的事情，他也會無話可説。像我這樣的一枝毫無紋飾的、一頭粗一頭細的粉筆，看樣子已經夠乏味，根本便不會有什麼動人的故事。我們營營役役，在黑板上編寫着各種言語，而同學們也得遵循我們的走動，唯命是從般地接受我們的擺佈。在這種時候，我們也許會有片刻的風光，但隨着粉刷的揮抹，我們的經營便只有如塵埃般落下，不留一點痕迹，也不留一絲記憶。

因為我們的存在是如此的輕，如此的乏力，所以，一般來説，對我們也沒什麼好惡。絕大部分老師對我們沒有什麼感覺，而我們對於這種冷淡也並不介意。當老師們以平板或是潦草的筆法在黑板上把我們一枝又一枝的消耗掉，我們也沒有怨言。我們以為，這一切原也是正常的、該當如此的。

在眾多老師中，只有教中文的張老師不一樣。

當然，從很多方面説，張老師並不特別比其他老師優秀。他的教學方法並不特別生動有趣，在提升學生的成績方面也不見得特別有效。在學科以外，他似乎未能給予學生什麼啟發，和學生的關係也極為平淡，是那種並不令人十分喜歡，但也不至於惹人討厭的老師。這意味着同學們往往會在張老師的課堂上睡覺或是偷看漫畫或是低聲交談，但卻不會公然地跟他衝突和令他難以下台。換句話説，張老師和他的學生們大致上可以各安其所，互不侵犯。這原本沒有什麼值得讓我們對他另眼相看的地方，事實上，張老師之所以與眾不同，完全是因為他寫得一手好字。

張老師不但寫得一手好字，他對拿粉筆在黑板上寫字抱有一種教人沒法理解的虔敬。他是惟一會刻意把粉筆尖端磨平以寫出筆畫的粗細效果的老師，他的粉筆字簡直就像毛筆字一樣，剛柔並重，一點一撇皆有骨氣。我們粉筆在他的手中彷彿變得凝重了，在落筆前總得在空中比畫，然後一下筆便好像有一種千錘百鍊的感覺。這對我們來説是一種奇妙的體驗，因為我們首次感到自己的存在不是為了文字，而是為了書寫，為了表現作為粉筆本身的獨特形態。

作為一個老師，張老師並沒有什麼雄心壯志。我們不知道這是性格的使然，還是對工作缺乏熱情的緣故。我們只知道，張老師漸漸地失去了説話的興趣，一心陶醉於在黑板上書寫。也許這和他的病有點關係，因為張老師的聲音日漸變得沙啞，並且持續地咳嗽，在充分地體驗着言論自由的課室中張老師簡直氣若游絲。於是，張老師每次一進課室便二話不説地拿起粉筆，在黑板上奮筆疾書起來。他寫的，不外是課文重點分析之類的筆記，從前口述的，現在也改為筆述。寫滿了整個黑板，他會立刻跑到右邊拿粉刷抹去文字，並且在粉末紛飛中咳嗽不止。

也許張老師根本不介意自己寫了些什麼，他只不過是想寫下去，不停地寫。而同學們也絕對不介意張老師寫了些什麼，因為他們可以更加肆無忌憚地各自修行。當張老師微顫的手指揑着我們脆弱的身體，我們可以感到他的手指是多麼溫柔而又堅持。他高舉着手臂，摺起的襯衫袖子退到手肘之上，袒露着一條蒼白而脆弱的手，像一枝粉筆。但除了我們，班上沒有人留意這條手臂，沒有人會擔心它在使勁過度時會「啪」一聲地折斷。

張老師是一個失敗的老師，這是肯定的。但連他的失敗也沒有人注意，這才是最教人沮喪的事情。張老師的存在給徹底地遺忘了，沒有人知道他什麼時候進來，什麼時候離去，更重要的是，沒有人把他的書寫放在眼內。一行又一行動人的粉筆書法出現然後又抹去，不留一點痕迹。下課後，黑板抹得一塵不染，張老師彷彿從來不曾來過一樣。

如果以後還有人記得張老師，他記起的必定是那一天的一幕。那一天中文課堂上同學們正熱烈地討論着關於新來的年輕女代課老師的話題，在黑板上運筆的張老師背後響着此起彼落的笑聲。沒有人知道，在寫到第二板的時候，張老師手中的粉筆「噼啪」一聲在中間折斷了。張老師緩緩放下半截粉筆，撿了一枝新的，繼續寫下去。不一會，粉筆又斷了。他換了一枝，再寫。背後談笑依舊。噼啪！嘻哈哈！噼啪！有人開始靜下來，但沒有人知道發生了什麼事情。有人以為張老師在劇烈地咳嗽，但有人看出他在抽泣，淚水掛了滿臉。他顫抖的手已經沒法書寫，黑板上佈滿了歪歪斜斜的文字，像狂草。碎折的粉筆撒了一地。班上首次

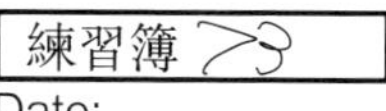

鴉雀無聲，大家也專注地聽着張老師的哭泣。

張老師的哭泣永遠是一個謎。同學們起先因為太震驚，有好一段日子不敢胡鬧，但隨着時間過去，一切又漸漸回復原來的面貌。張老師沒有再哭，只是繼續在黑板上不停地寫粉筆書法。

只有我們粉筆知道，那一天一共折斷了十三枝粉筆。

改錯水

我很喜歡自己的名字，我叫做「改錯水」。雖然亦有人把我叫做「塗改液」，但我還是喜歡「改錯水」多一些。人們常説：「錯而能改，善莫大焉。」可見「改錯」一詞既有典故為依據，亦包含了「善」的美意，是個好名稱。至於「塗改」，聽來便猥瑣得多了，有一種作弊的暗示。

我的問世對各位同學來説無疑是一項天大的喜訊，自此大家便體會到什麼才是「錯而能改」的真正滋味。同學們對我的信賴，有時候甚至到達了一種潔癖的程度。就像黎學正吧！他是個中三學生，成績優良，對功課的分數和整潔也同樣注重；換句話説，學正是個嚴謹而又自覺的孩子。這種孩子，是天生的改錯水精英。

學正絕對不容忍自己的功課和答題中有「錯而不善改之」的地方。每當他發覺自己寫錯了什麼字句，他便會連忙小心翼翼地用改錯水把原本的筆迹徹底地鋪蓋着，甚至不容許有一點點漏網的地方。由此可見，改錯水是鼓勵完美主義的優良發明，令學生們一絲不苟地塗蓋自己的過錯，而只向人顯露自己正確的一面。有一次英語聽寫測驗的時候，學正罕有地忘記把我帶在身邊。當他發現自己誤把某題關於婚姻狀況的答案寫成了 merry，他的臉立刻漲得通紅了。他幾乎可以想像到老師一邊大笑一邊氣憤地在卷上畫下交叉的情形，於是他用原子筆把 merry 塗成一個方塊，直至沒法辨認，然後才在旁邊寫上 married。當然，用於「塗改」試卷方面，作為改錯水的我還是有點限制的。對我過度的依賴導致了學正後來的慘痛經歷，這本是我所不願見的。那段日子學正的稚嫩心靈剛嘗到了戀愛的悸動，他喜歡上班上成績優秀的女生詩達芬尼，並且曾經認真地鄙棄過父母給自己起的庸俗英文名字大衛。他想過把名字改為史提芬，但大衛在《聖經》中是個英雄人物，而史提芬卻被人用石頭砸死，雖然是個殉道者，但未免死得沒有氣派。所以他還是保留了大衛的名字，並暗暗地期望詩達芬尼會有足夠的智慧和細心去體會大衛這個被濫用的名字背後的深意。

正是因為學正無中生有的幻想和沉思，使他在一次數學測驗中首次嘗到不合格的滋味。他從老師手中取回測驗卷，瞥見上面鮮艷的紅色，心中已經涼了半截。回到座位，他不敢望向詩達芬尼那邊，既不願意看見她得到高分的欣喜面容，也害怕她會問自己拿測驗卷觀摩。這時候，他忽然感到聖者大衛般的勇氣，拿起改錯水來塗掉一個錯誤的答案，裝作咳嗽趕緊把改錯水吹乾，然後迅速填上正確的答案。就只是這一題之差，他便可以逃過不合格的厄運，免於蒙上紅色的污點。學正站起來，走向高高地站在講台上的老師，就像大衛當年拿着丫叉和小石塊走向巨人歌利亞一樣。

結果學正給記了小過，還見了家長。因為學正一向成績和品行也不錯，老師和父母也對他的行為大感震驚，認為事有蹺蹊，反而不敢對他太嚴厲，父母還請他吃了一頓自助晚餐。不過，學正的自尊已經深深受損。對於學正的笨拙惡行，班上的作弊高手自然加以無情的譏笑，而守規矩的同學則為之齒冷。學正忽然感到前所未有的孤獨，他恨不得有一種無形的改錯水能給他在人們的記憶中塗掉這段難堪的經歷。

在這件事情上，詩達芬尼的態度曖昧，她沒有取笑學正，但也沒有表示同情和諒解。她根本不知道事情或多或少可說是因她而起的。學正常常為着這一點而憂愁着，他多想坦白告訴她：為了她，他是甘願承受這種苦果的。雖然這個想法的因果邏輯有點問題，但學正卻相信這是事實。為了挽回自己在詩達芬尼心中的地位，學正買了一張印有玫瑰花的生日卡給她。他知道，這將會是非常明目張膽的告白，心情戰戰兢兢，致使他在填寫生日卡的時候，一下筆便拼錯了詩達芬尼的名字。這一次可使他比作弊的時刻更為苦惱。第二天便是她的生日，已經沒有可能買一張新的。於是，我又派上用場了。他塗掉了拼錯的名字，儘量塗得優雅一點，然後在紙上反覆練習書寫詩達芬尼的名字十次，才在卡上端端正正地寫下來。但無論如何，他也覺得他這份感情已經有了瑕疵。

學正沒有機會知道詩達芬尼的反應，她微笑着接過生日卡之後，接連兩天沒有上課。回來之後她只是告訴他家中有點事要辦，大家也沒有再談到生日卡的事情。學正以為，塗改生日卡一事一定令她誤會他沒有誠意，甚至會懷疑他是拿給別人的卡來送給她。不過，在沮喪的同時，學正已決心要在學業上回復狀態，以重振自己在詩達芬尼心中的好學生形象。

在另一次數學測驗中，學正胸有成竹，其中一題他為了答得更準確而用改錯水塗掉了原來的答案，然後他翻到下一頁，心想待改錯水吹乾後再回來填寫，但到交卷的時候，他竟然忘記了。結果他拿了九十分，但他還是鬱鬱不歡，他甚至首次有點惱恨改錯水這種東西。放學後，在路上碰見詩達芬尼，他決定化悲憤為力量，問她可有空找個地方坐下來交換測驗卷討論一下。

他們來到學校後面小山上的公園，坐在蓬蔭下的長櫈上，手中拿着測驗卷。學正覺得他為她做的事情已經夠多了，他不能再讓她不知不覺，但他又想不出可以怎樣告訴她自己的心意，只有胡扯些功課的事情，把談話拖延下去。最後，他決意要做出具有震撼性的事情，他掏出改錯水，開始在旁邊的欄杆上塗上自己和詩達芬尼的名字，並在中間加上一個心形圖案。完成後，他感到十分滿意，雖然塗污欄杆是沒有公德的行為，但為着愛情而暫時無視於對與錯，這才是像樣的愛情嘛！

學正永遠也不知道，詩達芬尼那一天在公園中撇下他一個人跑掉，是因為怪責他沒有公德心，還是拒絕他的表白。詩達芬尼在學期中便離校了，聽說是移民到加拿大去。

我替學正悄悄地在電話冊上塗掉了詩達芬尼的名字。

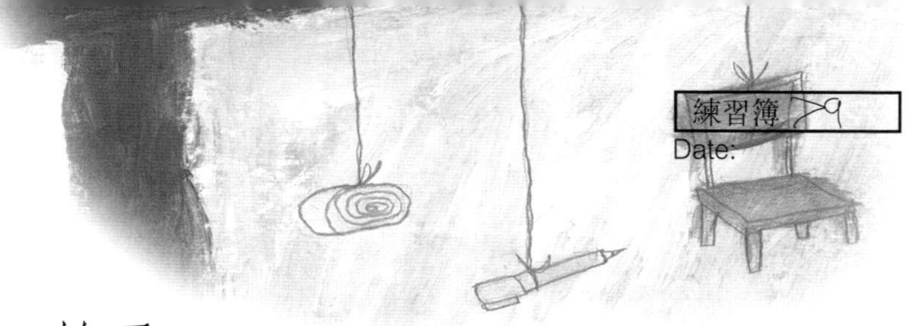

椅子

在課室中，椅子的世界和人的世界有點相似，那就是每張椅子或是每個學生也有一個位置。你可以説，椅子本身便是一個位置，但一個人在一個環境中，又何嘗不只是人際關係網上的一個位置？所以我説椅子的世界和人的世界相似。你也可以用鏡子來形容這兩個世界的關係，但你卻絕對不能以為椅子的世界是人的世界的隱喻或象徵，因為它們是截然不同而且互相隔絕的，就像實物和鏡像彼此相依而又壁壘分明一樣。

椅子的世界，是屬於黑夜的。只有黑夜的校園絕對沉於孤寂，而孤寂是椅子的宿命性格調。縱使我們椅子的世界可以有着熙熙攘攘、熱熱鬧鬧的表象，但我們還脱不掉孤寂的影子。椅子永遠沒有可能是歡快的，或是憤怒的。我是説椅子，椅子本身，排除了人的存在的椅子世界。所以在入夜之後，校園便是我們椅子的天堂。任何人的闖入，也會把這個天堂徹底粉碎。

我沒法告訴你我是誰。「我是誰」這種問題是屬於人的世界的，在椅子的世界中誰也不是誰，所以誰也是誰。硬是要說明，也是可以的，因為我們有位置。我可以說：我是第二行第四張；或是，第一行第二張。我也可以借用一下人的世界帶來的某些方便，說：我就是張樂生或劉婉宜坐的椅子。但這些也不過是虛有其表吧！事實上，我可以是任何一張椅子，一切只需要換個位置便行。

這個晚上，我如往常一樣到外面逛了一趟。我們椅子活動起來可不得不鬧嚷嚷的，因為課室通常密度過高，桌子椅子互相騰挪開來免不了要碰得乒乓作響。每一晚的椅子世界就是在這種美妙絕倫也雜亂無章的乒乓聲中展開，與日間上下課時整齊而又枯燥乏味的拉椅子聲簡直迥然兩樣。我常常便是在這種清脆的敲打中走到外面去。

課室外面的走廊雖然並不特別寬敞，但走在上面還是感到一股教人興奮的自由氣息。走廊外面是廣闊的天空，入夜走廊的空氣清新得像一條清澈的河。我慢慢地踱步，滿足地欣賞着自己四條腿在地上敲出的足音，高低不一的調子和長短有別的回聲就是我的歌聲。當然沒有人會聽到這首椅子歌，因為它是椅子才聽到的。我通常把歌一直唱到梯口，歌便唱完了，那也是椅子世界的盡頭。這以後的，是我不能夠踏足的地方。我唱着歌，又再往回走。

不過如果你就此認定我就是一張漫遊的椅子，你便似乎有點太魯莽了。事實上我喜歡眺望，在眺望中體味到在無限的世界中自己無可奈何的根性。遊走只是椅子的幻想，椅子雖然跟不少動物一樣有四條腿，但我的腿只能夠用來站着，牢牢的站在同一個地方。腿代表了我的局限，我的植物性存在。所以我只能夠眺望。但只要我想，我還是可以跳躍的，至少可以跳到桌子上，站在課室的窗前眺望夜空。而這種眺望，當然不需要眼睛。

當然，能夠站着，也算是一種福分。有時候轉移一個位置，我便落入殘障的命運。我會是課室角落一張跛腳椅子，三條腿好好的，第四條卻歪了，站不穩，班中自然亦沒有人要坐。日間課室坐滿了人，我卻還是獨個兒孤零零的斜倚在那裏。在人的世界和椅子的世界，我也同樣空虛。這個晚上，我以傾斜的角度，迎向窗外透進的月光，在一室紛擾的椅子中，獨我最沉寂，也獨我最明亮。

偶爾我也會在互相碰撞中產生摩擦，椅子和椅子間互不相讓，結果很可能是哪一張椅子栽在地上，發出一聲傳遍了各梯間、走廊和操場的巨響。然而這種撞擊並不真的會令我受傷，因為我們永遠只會傷在人的壓力下。

在發生這類事情的時候，我會站在講台上重重地跳兩下我粗壯的木腿，向台下的紛亂發出警告。這並不是因為講台上的椅子和講台下的椅子在構造和質料上有着顯著的不同，而是因為位置的問題。置身於講台之上，面對着台下的數十張桌椅，我得在適當的時候維護基本的秩序。當然，有時候我狠狠地蹬着腿也只是一種發洩，發洩的不是我對場面失控的憤怒，而是我沒法混到它們當中跳出各種衝突或合拍的舞步。我總是只能獨舞，在狹窄的台上。

在晚上，椅子的世界並不重複日間人的世界。雖然彼此像鏡影，但並不存在重複的問題，因為椅子的世界並不有賴於人的存在而是人的不存在而成立的。入夜，椅子顯然並不是在上課。我們不過是在調動位置，嘗試看看一些人們看不到的東西。當然，在這一夜，我們也看到了，我們不但看到了，我們還置身其中。

這一夜，全校的椅子也向操場走去。首先，是一張膽子大的椅子終於嘗試越過界限，從樓梯跑了下去。其他椅子見它沒有摔壞，也就跟着下去了。不一會，課室裏的椅子也跑了出來，爭先恐後地來到操場上。我也是其中之一。置身於操場中是一種非常奇特的體驗，這體驗之所以奇特，只因為我們不該出現在這裏，尤其是在如此的一個晚上。千百張椅子在偌大的操場上逛來

ha!
hee hee
ha! ha!
hi!

逛去，覺得世界跟從前很不一樣了，而位置，彷彿也不再存在。我們變得模糊，自由得有點像風，足音像隨意灑落的細雨。那一夜，要不是大閘上了鎖，我們差點兒便要逛到街上去。原來我們的世界還是有限的。

第二天早上，同學們上課，各自在自己的椅子上坐着。我說過，人和椅子兩個世界像實物和鏡像，但哪是實物哪是鏡像，還是很難確定。兩個世界，一個存在，一個不存在；存在與不存在互相依賴。如果硬要說明兩個世界在哪一處相連和接觸，我便惟有說：是班中的三十四個屁股。

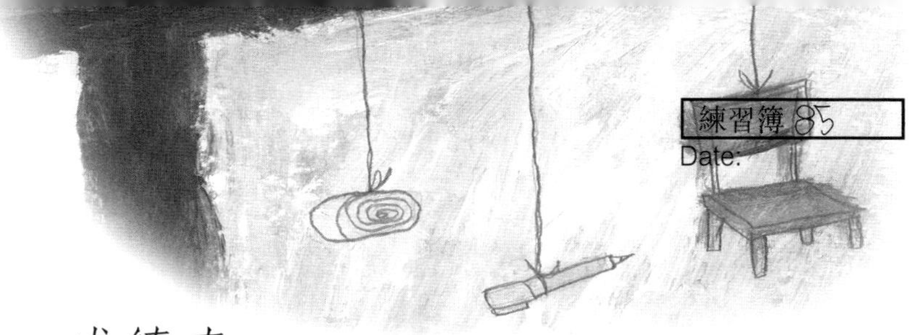

成績表

一般來説，我一年才出來活動兩次，彷彿是個微不足道的角色，但我每次出現，也會帶來非同小可的反響。為了迎接我的來臨，全體同學也得參與派發儀式，過程肅穆，甚至略帶陰森。在數十雙焦慮的眼睛的仰視下，我以無上之權威宣告各人不同的命運。對於這種工作，我一向鐵面無私，就算是滿江紅的慘況，我也會毫不容情地加以揭露。

雖然我長時間潛伏不出，但我卻是同學們整段學生生涯的幕後主宰。可以説，他們完全為我而生，是我賦予他們存在的意義。試想想，假若沒有我，他們的生活將會是多麼的空虛，他們的課堂將會是如何的缺乏目標。而我的權威不單體現於同學身上，對老師們來説，我也是他們事業上成敗的惟一仰靠。我就像一面明鏡一樣，反映出老師們的卓越或無能。從更宏觀的角度看，我更加是整間學校的水平的指標，掌握着校長一人的榮辱。想到這裏，我實在沒法不承認，我簡直就是整個教育制度的命脈啊！作為一件物件而能夠負上如此重大的使命，這實在是這物件的光榮。

當然，我們成績表之間的命運也是不盡相同的。比較幸運的成績表會落在成績名列前茅的同學手中，每個科目也填上什麼甲呀九十分呀操行優呀之類的彷彿閃閃發光的符號。而不那麼幸運的成績表則得忍受滿身塗着斑斑的紅色和什麼丙丁戊呀劣呀之類的醜陋字眼。不過，醜陋歸醜陋，宣判本身也是夠威風的了，縱使宣判的是醜陋的事實。

使我有一點點遺憾的是，我是屬於那種不幸地被分派給成績差劣的學生的成績表。他的名字叫做陳志強，一個平凡不堪的名字。會替兒子取一個如此缺乏創意的名字的父母，相信不會有太高的教育水平，而自陳志強這個名字寫在我身上的一刻開始，我便知道這個小夥子也沒有希望念出個怎樣的成績。不出我所料，陳志強在中期考試中有五科不合格，另外操行也不過是拿了個「常」。我以非常嚴峻的態度把成績展示於陳志強眼前，還隱約感到他捏着我的雙手在微微顫抖。這也算是一個不太差的徵兆吧！

關於陳志強的學業，我認為實在乏善足陳。至少，在我的判別範圍內，這是事實。別小看我是一張薄薄的卡紙，我可說是代表着整套所謂「學業」的觀念。在我嚴格、精密，而且井井有條的區分和總結下，陳志強的學生真貌無所遁形。儘管他上課的時候如何喜歡舉手發問，回家後如何的埋頭苦讀，他也不能否認，他是個有五科不合格的失敗者。鐵證如山，一紙成績表，勝過千言萬語。

對於陳志強獲得如此成績的因由，我沒有多大的興趣。我所要做的，只是記錄結果，而不是探討原因。不合格就是不合格，意義只有一個，無論你是誰，可算是有考無類。事實上，我每年才出來活動那兩次，對陳志強平素的行為也不太清楚，極其量也不過是從他的喃喃自語和他父母的責罵中略知一二。所以，我對陳志強的認識其實也可以説是頗為片面的。但那些我所不認識的事情，相信也屬無關重要，否則，它們也應該被記錄在成績表上啊！例如陳志強平日對同學是否友善、處事是否誠實、對老師是否尊敬、對有需要的人是否樂於施以援手、對花草樹木是否欣賞、對蟲魚鳥獸是否關懷等等，因為成績表上沒有列出這樣的項目，我相信這些必定是沒有價值的資料。

惟一能夠引起我一點兒興趣的，是陳志強在美術科拿了乙的成績。當然，「乙」也不過是「良」的意思，比普通稍好，並沒有什麼了不起。但在陳志強整體低落的成績中，美術科的乙的確有些萬紅叢中一點藍的突出感覺。對於陳志強這個略為值得加以思索的方面，我亦曾經在偶然間有所認識。那是在中期考試成績派發之後，我在陳志強家中落在一堆漫畫草圖之上，直接的理解到這個小夥子對畫畫的熱愛程度。也許，陳志強有志當一個漫畫家也說不定。不過，我細心一想，我身上又沒有漫畫這一項，這說明了所謂漫畫這種東西一定是不入流不正統或者可以說是屬於不務正業的事情。於是，我可以肯定陳志強之所以弄到五科不合格是因為他誤入了漫畫的歧途。而且，他不只看，而且還動手畫呢！美術拿了乙又怎樣？美術也不過是置放在成績表一個毫不起眼的角落的科目啊！

後來，陳志強的母親在把我過目之後，果決地把他桌子上的漫畫圖稿悉數送進垃圾箱去。

自從中期考試後，我跟陳志強告別了一段日子。我不知道在這段期間陳志強有沒有努力為他的成績表描繪一個比較美好的面貌。作為陳志強的成績表，如此下去實在教我顏面無光啊！我真的有點羨慕楊文卓的成績表，那「名次」一項上寫的「1」字真的是每張成績表所夢寐以求的榮耀。我想起陳志強美術科那個「乙」，無法不搖頭輕歎。

年終大考成績表派發時，我向陳志強宣佈，他六科不合格，當中包括美術科。在他的家中，我再沒有發現任何漫畫圖稿。

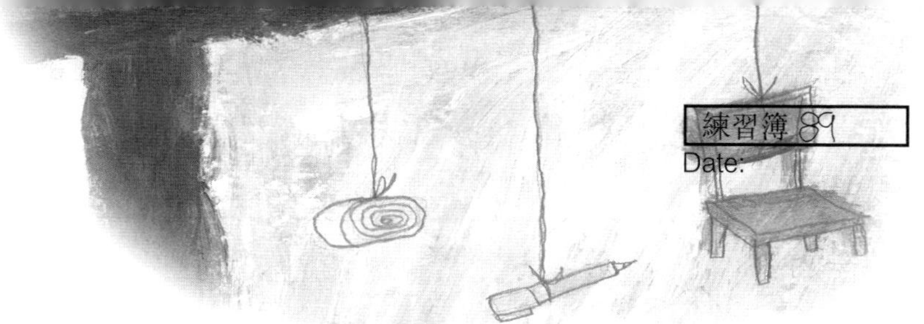

週記

我原本不過是一本普通的練習簿，只因為被用作寫一種叫做「週記」的習作，所以才改稱為「週記」。

起先，我也為着能夠成為週記而興奮過好一會。我以為，作為週記總比用作謄抄沉悶的筆記有趣得多，至少可以聽聽同學們的心聲，讓他們得到一個抒發日常生活感受的空間。要知道，抄筆記一定是千篇一律，而且只是搬字過紙；寫週記就不同了，每一個人，寫出來的週記總會有與別不同的面貌吧！我滿心期望，在同學的心迹中，我將會成為有個性的練習簿。

但我很快便發現，原來同學比較喜歡寫新聞時事，而且義正詞嚴，一派年少老成的口吻。就像我的週記作者詠琪，當她談到「包二奶」的話題，她也會說什麼「包二奶」是一種不道德的行為，對元配妻子不公平，對妻兒亦屬不負責任的做法。提到市政局選舉，她又侃侃而談什麼公民責任啊為市民服務啊之類。關於迷魂紙包飲品的新聞她也指出購買紙包飲品時須加倍小心，還希望警方儘快把歹徒繩之於法。我這才知道，原來週記是一週大事感想，跟日記完全是兩碼子事。

我也慢慢學習到，原來詠琪這種寫週記的方式是好週記的典範。當然，老師批閱週記，會評價同學的語文水平，但在語文之外，內容也是老師所關注的重點。詠琪的週記，完全符合老師的要求，所以亦往往得到好評。老師的評語，通常也是「思想清晰」、「積極樂觀」、「態度正確」之類褒揚性的詞語，對詠琪的觀點肯定有加。

對於像我這樣樸拙無知的練習簿而言，作為週記的經驗令我眼界大開，了解到不少關於是非黑白的判別。但久而久之，我便漸漸對一切耳熟能詳了。我差不多能完全預計在什麼話題上詠琪會採取什麼的觀點，以及老師會對這些觀點給予什麼的評語。而且，令我十分迷惑的是，詠琪總是在最後一分鐘才寫週記，有時候一邊看電視一邊寫，有時候一邊跟同學在電話上聊天一邊寫，有時候在小息中一邊吃零食一邊寫，彷彿毋須細想，不費吹灰之力。這樣一蹴而就，卻能寫得井井有條，實在令人佩服。

不過，説老實的，我實在是有點悶了。

詠琪每週在我身上所寫下的千言萬語，總沒法讓我理解她多一點，知道多一點關於她的性情和感受。我悲哀地發現，原來我並不認識她。這層醒覺對我來説是一個頗大的打擊。我原先渴望的，是有一個人能向我吐露貼身的心聲，傾訴生活中的喜怒哀樂，但現在詠琪的文字是那麼的冰冷，那麼的缺乏人情，使我產生了一種失落。要知道，當連練習簿這種東西也產生出失落之情，那真的是不得了的事情。

後來，終於還是有那麼一次，詠琪的週記越過了正常的軌道，造成了一場意外事件。那段日子，詠琪的心情好像並不很好，思緒混亂，寫週記也草草了事。我不是詠諆的日記，所以對於她心底裏的煩惱和困擾並不知悉，而她亦從來沒有向我披露心事的習慣。後來，在一次週記中，她提到一件關於一雙在學男女試圖輕生的新聞，並且流露出前所未有的激動情緒。報上把那對年輕男女形容為「乳臭未乾」，又套用陳腐如「初嘗禁果」、「珠胎暗結」等詞句來描述他們之間的行為，言語間充滿揶揄和輕視。不知為何，詠琪對報道的手法極度反感，而且反駁為什麼沒有人嘗試體會那雙年輕人的感受，也沒有人尊重他們的感情。為什麼總要用「衝動」和「過錯」去界定他們的行為，並且在道德以外還以法律對男方加以指控。年輕人也是有感情的啊！

詠琪的反應不單令我驚訝，也令她的老師十分愕然。在循規蹈矩的週記當中，竟然出現了一篇如此缺乏自制的文字，可能反映出學校在德育教學上出了些問題。於是，老師毫不猶豫地給詠琪指出正確的方向：首先，與未成年少女發生性行為是刑事罪行，不容置疑；其次，性是男女雙方間莊嚴的關係，不能隨便視之；此外，求學時期應專注學業，不應沉迷於男女關係；再者，年輕人思想畢竟未曾成熟，不應自把自為，有什麼問題宜跟師長商量。課後老師叫詠琪留下，問她可有什麼個人疑難。詠琪只是搖頭，一言不發。

我理解詠琪的惟一機會，就這樣過去了。詠琪的週記又回復老樣子，千篇一律，道貌岸然，老氣橫秋。我對這種週記生涯，實在十分厭倦。有時候我真的渴望她會胡言亂語一番，當週記是個好玩的遊戲，而不是一件非做不可的差事。但詠琪也許亦有點厭倦了。我周而復始，直至最後一頁，完成了我那例行式的生涯。

聽説在台灣有一本叫做《少年大頭春的生活週記》的書，載有一個酷少年嘲諷成人世界的週記文字，竟然還成了暢銷書。這對我們週記是個很大的鼓舞。不過，同是週記，命運各異。

而且，聽説《大頭春》的作者其實是個三、四十歲的大人。

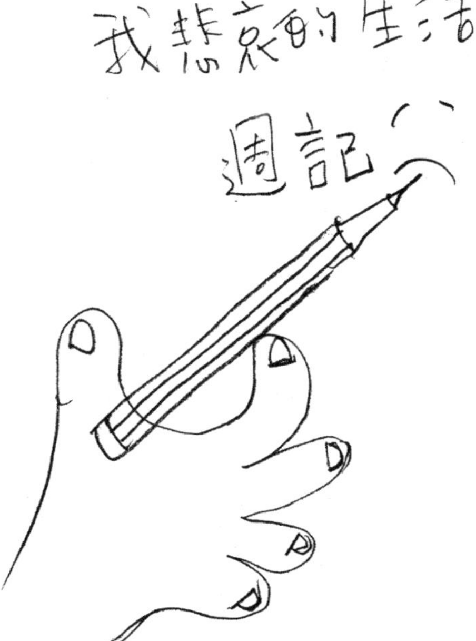
我悲哀的生活
週記

小冬校園

序——空中樓閣

我想，這個故事以動畫來表達會比較適合，特別是宮崎駿那種動畫。

這個故事的源起，也許就是那種動畫的感覺，那種對美好世界的追求。我聽着《天空之城》的歌曲——早就聽過的歌，早就看過的動畫——忽然想寫一個空中樓閣般的故事。也許我們每個人心裏也有一個空中的城市，或者許多個空中的城市，也許我們每個人也可以成為一個空中的城市。

年輕人總是不腳踏實地的，這是年輕人可愛的地方，遇見太腳踏實地的年輕人，反而教我害怕。可是現在空中樓閣好像愈來愈少了，這可能跟樓價有關；建在地面上的樓宇有具體的價值，是大家一生追求的目標，得到之後，大半生已經過去了。空中樓閣漸漸荒廢、湮沒。

我聽不懂那首日語歌，但它卻教我流淚。我凝望空無一物的天際，有藍天有白雲，有頻密的班機飛過，但卻覺得很悲哀，很悲哀。那裏已經沒有我夢想中的雷泊特。但歌聲並沒有消失，它一直在我的耳邊縈繞，提醒我天空之城的必要。

我不想誇言。浪漫和激情是我抗拒的東西。我心中的空中樓閣並不宏偉，沒有雕欄玉柱，沒有高堂大殿。它的形象慢慢清晰起來了，它是一個平凡甚至帶點破舊的校園，坐落於荒棄的市郊，旁邊還有一個廢車場。它就是夢幻滋生的處所。

我常常想，如果我不當一個小説家，我會希望能夠成為一個漫畫家、一個動畫家。我會以繪畫空中的城市作為我終身的題材。不過要成為動畫家已經太遲了，也許亦沒有必要了；我已經動筆，給眼前的天空寫上完全不同的景觀。

我們已經開始離開地面。

校長室的螞蟻

從現在回想，我也沒法確定在那個校園發生的事情，究竟是出於校園本身特質，還是出於當時的我的虛幻想像。也許，那是因為二者的契合也説不定；那個我，在那個時空，產生了那種經驗。

那是我剛升上中學的第一年，我進入了那間位於郊區某個荒棄廢車場旁邊的中學就讀，雖然我只在這間中學度過了短短的一年，但這校園給我的經驗，卻差不多是我整段中學生涯、甚或是整個少年期的記憶的全部。但事隔多年，這段記憶彷彿已經在某些方面脱離我而獨立存在，成為了一個跟自己並不完全相同的個體的故事。這個個體是一個叫做小冬的少年，這個故事正是沉默寡言的他心內喋喋不休的絮語，而當我以「我」來稱呼他的時候，也許我是在心裏暗暗盼望，自己仍然是那個能夠在開課的第一天，看見校長室內的螞蟻的小冬吧！

那是一個把人烤成熱窩上的螞蟻的夏日，暑假剛剛結束，但暑熱似乎還要肆虐好一段日子。爸爸拉着我的手步行了彷彿整個世紀。我感到他手心的汗水直接流到我的手心，然後沿着我高舉的手肘滾下去，但我不敢甩開他的牽引，因為我完全不知道自己身在何處。我們已經離開住宅區很遠，路上沒有任何建築物的簷篷或樹蔭之類的東西，太陽彷彿就擱在我們的頭上。我後悔沒有帶帽子，但我沒有説出來，只是在心裏想。那時候在我心裏想的事情，如果統統都説出來，人們一定會對我完全改觀。他們總以為我是個呆子，腦袋一片空白，其實我不過是喜歡跟自己説話。

在路上，我就一直跟自己談帽子的好處，除了可以遮擋酷熱的太陽，還可以變出白兔，不過那是一種不同的帽子。

身旁走着許多穿着白色校服的男女生，不知是因為天氣太熱還是睡得不好，大都瞇着眼睛，薄薄的校服背上汗水津津一片。我猜我們快要到達目的地，抬頭望望爸爸，但他彷彿在沙漠上掙扎前進的旅人一樣，表情也給搾乾了。拐了一個小彎，走下下坡道，前面是一個廢車場，生鏽和佈滿灰塵的破舊車輛在陽光下還是閃閃生輝，刺痛我的眼睛，在我的視野上留下青色的斑點。我想遮擋那扎眼的光線，但我的左手給爸爸牽着，右手拎着一個放着筆盒、毛巾、記事本和食物盒的小書包。我的書包裏面沒有書，食物盒裏放着芝士、番茄和青瓜作餡料的三文治，是媽媽上班前準備的。沒有飲品，但我的褲袋中有兩塊錢，爸爸叫我用來買維他奶。學校會有食物部吧！至少你懂得買維他奶。他説。

可能因為首先看到廢車場，或者是因為學校和廢車場毗鄰，近乎是連在一塊、同屬一座建築物的光景，所以學校給我一種遭遺棄的感覺。學校位於一個低窪地帶，附近除了校園和廢車場外便什麼建築物也沒有，的確有一種名副其實的荒廢景觀。也許這種學校正適合我這種孩子吧！爸爸一定是這樣想。

跨進那個滿是鐵鏽的門閘，我把頭低低的垂在胸前，感到奇異的目光正像亂箭一樣從四方八面射來。我一定異樣極了，既沒有穿校服，而且又給一個大人牽着走。對於一個已經是中學生身分的孩子，給大人牽着走實在是不能饒恕啊！無數的白色影子在我身旁掠過，我只看見一些十分長的腿，差不多像我爸爸的腿一樣長。我覺得自己就像進入了一個巨人的世界，自己是個可笑的小矮人。

從校門到校長室，我幾乎沒有正眼看一下這個校園的樣貌，而第一件引起我的好奇並且能讓我毫無顧忌地細心觀察的，是校長室的螞蟻。

在如同螳螂般高瘦而帶攻擊性的祕書女士的引領下，爸爸和我踏進那個宛如巨大倉庫的校長室。我之所以立刻感到它的巨大，也許是由於祕書女士通傳時候的回聲。校長室的陰暗令我的眼前紛飛着強光刺射殘留下的光點，使我連校長所處的位置也無從辨別，更莫說像個乖學生一樣向他鞠躬表示敬意了。我繼續垂着頭，讓爸爸去應付那個仿若埋伏在叢林中的猛獸的校長。這一刻我又慶幸有爸爸在我的身邊。

眼球內的光點漸漸褪去，室內的光線好像以難以察覺地緩慢的速度調亮了，有一線早晨的陽光從關上的百葉簾邊沿斜斜地投落校長如乒乓球桌般寬廣的辦公桌上。在那狹小的光帶上，我看見有細小的黃色螞蟻徐徐橫過。

爸爸和校長開始交談了，我專注追蹤螞蟻的爬行路線，完全沒有留意他們談話的內容。我只知道，校長的聲音洪亮而年輕，跟我印象中校長所應有的聲音不一樣。也許，在他們的談話裏我可以得悉我被帶來這裏的原因，但我對這個困擾了我一個早上的問題已經失去興趣。我奇怪的是，為什麼校長室裏面會有這麼多的螞蟻在橫行無忌？我記起從前念小學的時候，老校長總是如臨大敵般指揮校役們消滅校內的蟲蟻，特別是圖書館一個老書櫥給白蟻吃掉了一半那一役最為慘烈。

校長不會是在校長室偷吃餅乾或糖果而留下碎屑吧。我偷偷瞥向偌大的校長室內的其他角落，發現四處也堆積着一些箱子，裏面不知是課本、文儀用具、教學器材，還是招惹螞蟻的食品。有一個箱子上印着紐西蘭蘋果的標記，另一個印着適意寶牌衛生棉。衛生棉是什麼呢？大概是醫藥或急救用品，又或者是供應食物部的餐巾之類吧。這些東西令我想像這是一間設備頗完善的學校，但為何它們會堆放在校長室而不是雜物房呢？

我嘗試數算螞蟻的數目，以度過爸爸和校長談話的冗長時間。我知道我是沒法數算整個校長室的螞蟻的確實數目的了，就算所有螞蟻也合作地暫時停下讓我一一點算，這也將會是極艱巨的工作。也許我可以數算在同一時間進入光帶的螞蟻的數目，這至少可以對螞蟻在校長室的活躍程度提供一定的了解。這間中學的老師將會教我應付這樣的難題嗎？我第一次對在這裏學習產生希冀。

爸爸忽然把手中的公文夾子擱在桌上，剛好落在那條光帶躺臥的地方，把我嚇了一跳。正在光帶上爬行的小黃蟻可要遭殃了，那不過是還不及一粒白米般大小的黃蟻，甚至連咬人的能力也沒有，給輕輕一壓就沒有了。我看見打開的公文夾內有我的小學成績表，上面有很多紅色，看起來很美麗，比那些藍色好看得多。我知道怎樣的情況下會拿紅色，拿一張美麗的紅色成績表實在太容易了，只要把自己懂得的答案統統填上不懂得的便行。爸爸媽媽一直以來也不太喜歡紅色，但他們沒有因為紅色而責罵我，他們只是露出一副擔憂的樣子。

有一隻螞蟻在成績表的角落出現，這對牠來説一定是一條陌生的路途了，就像我今天早上所走過的路途一樣吧。牠探動頭上的觸鬚，在那些紅色的數目字上稍作停留，然後在那照得皚白的光帶子走了過去，但在半途中爸爸又把夾子拿起來合上。我連忙搜視桌面，卻不見有螞蟻的屍體，也許是給吹走了也説不定。這時候有人叫我的名字，我抬起頭來，首次看清楚校長的樣子。他看來並不年輕，滿臉鬍子，身形就像一頭大灰熊，怪不得要那麼大的校長室和辦公桌。和小黃蟻相比，校長龐大得簡直是一頭怪物。

爸爸好像含糊地説：他基本上是個乖孩子，只不過常常教人摸不着頭腦。樣子不年輕的校長則用年輕的聲音回答：別擔心，張先生，也許轉換一下環境對小冬會有好處。他們站起來，於是我也站起來；他們握手，但我沒有握手，只是偷偷從爸爸手中的文件夾上輕輕揮走那隻迷了路的螞蟻。

校長從桌子後面走過來，伸出大手摸我的腦袋，我不期然往後一縮，仿如一隻小螞蟻，害怕給巨力壓碎。室內回響着洪亮的笑聲，校長回身，從一個箱子中掏出一個蘋果，塞到我的手中。

準備午餐了嗎？別餓壞了肚子！

爸爸催我說謝謝，但我只想告訴校長他的桌子上爬滿了螞蟻。

讓我帶你到課室去吧！校長說。

我拎着輕飄飄的書包，握着水彩紅的蘋果，走在體積龐大的校長旁邊，穿過給陽光烘暖起來的殘舊走廊，結果也沒有告訴他關於螞蟻的事情。

樓梯間的小老虎

我不知道小老虎的出現和消失，究竟標示着什麼的得着和失喪，我只知道，自此之後我便開始探進校園內一個不為人知的國度。在這國度裏面，充滿着各種錯誤重疊的世界，但這些錯誤，與所謂「正確」的世界相比，卻又是那麼的美麗。

雖然學校的破落程度跟隔鄰的廢車場不遑多讓，但對於當時剛從小學升上中學的我來説，它就像一個迷宮一樣充滿着瑰麗的神祕感。我甚至想像它是童話故事裏中了咒語的堡壘，在解除咒語之後會立刻回復美輪美奐的面貌。但這種過於奇異的想像畢竟令人有戰戰兢兢的感覺。在剛開課的幾天，我在校園中的活動路線只限於校門、課室和食物部三個地方之間。如果在校園平面圖上把三個座標連起來，大概就是一個等邊三角形。這個等邊三角形，多少給我一點安全感。

然而，自從在小老虎帶引下走進了連接校舍天台的樓梯間，等邊三角形便變成了不等邊的四邊形。往後，這個四邊形還會繼續變化，變成一個完全沒有規則的多邊形，線條縱橫錯亂，這也許就是我這一年的中學生活的最佳形象化表達。

其實位於課室和禮堂之間的樓梯間老早便不是一個陌生的地方，每天我也會通過它來回課室和食物部。但我的足迹只止於一樓，因為中一的課室是設在一樓的，至於一樓以上則是如同大人國的國境，充滿着意想不到的危險。有時候我在樓梯間窺看上面的世界，只看見許多快要把我踏扁的長腿；許多女生雖然穿着相同款式的校服，但她們身體的形狀卻跟我同班的女同學不很一樣。我不敢久看，低下頭，捧着食物盒，匆匆走下樓梯。

我不知道班中的同學是否和我一樣來自跟別人不同的小學，他們好像老早便認識一樣，很快便分成大大小小看來十分牢固的小組，在課餘時候各自佔據着食物部或籃球場的某些角落。我拿着食物盒，有時候大半天也找不到一個可以讓我不受打擾地吃東西的座位。我記起歷史教科書上説的游牧民族，想像他們騎着馬在草原上遷移的樣子。有時候我跟這些盤踞各處的小組也會產生接觸，他們中間有人會喊叫：説話啊！啞巴！而我卻只是微微一笑，低頭走開。我並沒有怪責爸爸把我帶到這間陌生的學校，因為我已經習慣了陌生這回事。

同學們朗聲大笑，談論着電視劇集和關於老師的謠傳，我覺得像他們那樣開懷也不錯，但我卻無暇顧及這些，只是專注以腳步為單位量度籃球場的周長，或是計算食物部賣出的維他奶的數目。想起世界上只有我知道這些問題的答案，我便覺得所花的精力沒有白費。

那是開課後第三個星期吧，我吃完了媽媽給我準備的吞拿魚三文治，忽然記起自己忘了給下午的地理功課裏的地形圖填上顏色。這實在是個可怕的發現。我決定偷偷回到課室拿取作業簿。樓梯間就像一條排乾了水的水管，瀰漫着一種鐵鏽的氣味，我步步為營，彷彿正在幹着罪無可恕的勾當。當我安全抵達一樓的時候，我聽見背後有一種仿如小動物的腳掌觸碰地面的柔細足音，連忙回頭，瞥見樓梯上面掠過一截金黃色的尾巴。

我竟然把作業簿的事情忘了，大着膽子跟蹤着那截尾巴，沿着樓梯間拾級而上。一定是食物部的貓了，剛才牠還懶洋洋地躺在木凳下乘涼，想不到現在卻膽敢闖到校舍上來。但我想起食物部的貓是黑色的，而且尾巴給砍掉了。也許校園內還有別的貓也說不定。

我經過了二樓、三樓、四樓，但卻無心細看各層的光景，只顧屏息靜氣傾聽那微弱得有如幻聽的腳步聲。越過四樓了，上面會是什麼地方？會是一個藏着不可告人的祕密的閣樓嗎？就在連接天台的出口，我來到樓梯間的盡頭。在牢牢鎖上、油漆斑駁剝落的鐵門前，側身站着一頭胖胖的、金黃色的貓，扭着脖頸凝望着我。牠的姿態使我想起歷史教科書上哺育了古羅馬始祖的母狼。

地理作業的事情有驚無險，是我自己記錯了，我已經在地形圖上妥妥當當地填上深綠、淺綠和咖啡色。

在往後的兩個星期，我每天午飯時間也會來到連接天台的樓梯間。我會先到食物部，用爸爸給我買維他奶的錢買一瓶鮮牛奶，然後帶同食物盒悄悄來到樓梯間。從地面到四樓是一條驚險的旅途，時刻得防範行蹤給發現；越過了四樓，便進入安全地帶，因為上面沒有出路，基本上沒有人會踏足此處。

小老虎和我彷彿有一種默契，知道我一定會來，每天也在那鐵門前等我。我拿出食物盒中的三文治，把牛奶倒在食物盒裏，放在梯級上讓小老虎喝。我之所以斷定牠是一頭小老虎，是因為牠的外貌雖然跟貓酷似，但體形和骨架卻明顯地比貓粗壯。而這樣的一頭大貓，還未曾長出爪和牙齒呢！牛奶一定是十分適合牠的食品，因為我見牠吃得滿高興的，小舌頭迅速地舔着，一小滴也不留下。吃飽後牠還會依偎在我的腿旁，毛茸茸的身體暖暖的、軟綿綿的，像柔順的小羊。

樓梯間給人的感覺實在太奧妙了，簡直可以令人相信自己正置身於另一個時空。操場上學生的嘈吵嬉鬧聲音通過樓梯間螺旋形的傳上來，有一種不真實的距離感，好像是幾百里外海底的輕微地震。我的視野中只有狹長的四壁和沒入陰影中的階梯。牆上的高處有一個破了的小窗，抬頭仰望可以看見小小方格內徐徐幻化的雲影，就像動畫裏描畫的雲一樣，雲層後面隨時也會出現浮在空中的城市。如果在下雨的日子，雨點大概會穿過窗子灑在梯級上，沿着螺旋形的樓梯間一直流下去。

小老虎總是一聲不響，我從來沒有聽見牠吼叫。牠是一頭沉靜的老虎，大概這就是老虎的本性吧！不過牠頑皮起來也是很難應付的，常常喜歡爬到我的身上去，把我的校服弄得縐巴巴。上課的鈴聲響起來了，我把小老虎抱回地上，走下梯級，回頭看牠，只見牠用一種萬分不願意的眼神盯着我不放。我得以極硬的心腸才能拒絕牠無聲的哀求，急忙衝下樓梯間。我一邊跑一邊想，我永遠也沒法讓牠理解我離去的必要。

也許跟小老虎這段關係的及時結束，對我和牠來説也是一件好事。因為小老虎總有一天會長大，牠會長出鋒利的牙齒和爪，牠會不再滿足於喝牛奶，不再滿足於困在侷促的樓梯間內。有一天，牠也許會以同樣期盼的眼神，把我撕碎，吃掉。在這短短的兩個星期內，至少我們的相處是純粹的，不摻雜任何猜疑和提防。牠將永遠是我心目中純淨的小老虎。

星期五午飯時間，我看見班中綽號黑炭的同學跟幾個小夥子在雜物房旁邊撿木棒，我不以為意，拎着牛奶瓶和食物盒踏進樓梯間。習慣慢慢令我鬆懈了防備。我如常的把牛奶倒進食物盒給小老虎喝，但牠只喝了一半，便警戒地盯視着樓梯間的彎角，喉頭發出稚嫩的吼聲。這是從未發生過的情形，我心知不妙，躡足走下梯級，側耳一聽，發現有腳步和低語慢慢逼近。我也不知道是哪種本能給我的指示，我連忙跑上去抱起小老虎，把牠舉到那個破窗子前，低呼一聲：跑啊！小老虎回頭望了我一眼，金黃色的身軀一躍，便從窗子中消失了。我的手心有一下微微的刺痛。

黑炭他們從樓梯下面探頭出來，手中握着木棒，看見我站在那裏，有點愕然。黑炭問我有沒有看見野貓之類，我說：沒有啊！不過我看見一頭老虎從那個窗子跳了出去。有人忍不住發笑，但很快又沉寂下來，大家面面相覷。這是我第一次跟他們說話。

老虎？黑炭疑惑地重複。

我看看地上食物盒中小老虎喝了一半的牛奶，慢慢張開手掌，掌心有一點殷紅的血痕，刺癢癢的。

是老虎啊！我說。

音樂室的老鼠

我之所以會願意加入歌詠團，也許是因為音樂室的老鼠。學校的音樂室，位於禮堂後面另一座三層高建築物的頂樓。從外面看，這幢建築物就像一個倉房，樓梯設在建築物外面，好像是後來才加上去的樣子。第一次上音樂課的時候，我還以為老師帶我們參觀游擊隊的祕密基地呢！

教我們音樂的是留着及肩直髮的黎老師，在她彈琴的時候，她那垂在臉旁的柔細直髮會像拍子器的指針一樣左右擺動。那一次音樂課黎老師叫我們輪流到她跟前唱一段校歌，班上沒有一個人懂得念校歌的英文歌詞，大都含混過去便算。所有人也唱了一遍之後，黎老師宣佈了一串名字，説上述同學在下課後到音樂室參加歌詠團的試音。我的名字也是其中一個。

我雖然對唱歌並不反感，但跟大夥兒一起唱歌總會令我渾身不自在。可是我不敢違逆老師的意思，乖乖的在下課後來到音樂室。

那兒已經有四個同學在等着，包括在班上坐在我前面的柳小青。黎老師還未曾出現，另外那三個同學在嘰嘰喳喳地説話，我和柳小青也靜默地坐着。柳小青的膝上放着琴譜，雙手平放在琴譜上面，十隻修長白皙的手指微微張開，像要給老師檢查清潔似的。她似乎察覺到我在看她，我連忙垂下頭，雙手不住撫壓校服褲上的縐褶。

黎老師像一陣風一樣的走進來，噼啪一聲打開琴蓋，讓身子墜落在琴椅上，着第一個同學上前試音。我們每人也要先唱一段開腔的練習，由琴鍵盤的左邊唱到右邊，然後跟隨黎老師彈奏的短小音節哼唱。在前面三個同學唱着的時候，我並沒有太留意他們的表現，我在心裏已經有了確實的打算。

裝在天花板上的吊扇在頭頂發出豁朗豁朗的聲音，空洞洞的室內有一種自然的擴音效果。從音樂室一邊的窗子可以看見廢車場的頂篷，屋脊上有不知名的大鳥站立，湊興似地隨着音樂發出咕嘟咕嘟的鳴叫。我想跟柳小青説：看看那鳥啊！但見她端正坐着的樣子，我又覺得還是閉着嘴巴比較好。

那三個同學已經先後走了，老師叫了我的名字。我來到鋼琴旁邊，等待老師的指示。她説我唱得比較高，可以從中間開始，彈了一個 C 調。我依時張開嘴，但卻沒有半點聲音發出來。黎老師連忙停止彈奏，像個偷步的運動員，幾乎以為是她自己的過錯，不好意思地叫我準備好再來一遍。她按了一下和絃，身子一仰，嘴巴一張，像是要提示我唱出的時間，但她隨即像個洩了氣的橡皮球般垂下頭。我還是沒有唱出半個音調。

不用緊張，我們慢慢來。黎老師耐心地說。但如是重複了幾遍，她終於放棄了。

是什麼問題唱不出來呢？張小冬同學，今天在課堂上還唱得挺好啊！我的判斷不會錯，你是歌詠團的好材料。這樣吧！你放輕鬆一點，先回去，明天下課後再來試試。黎老師說。

我回到座位，見黎老師竟然沒有怪責自己，心中很過意不去，但我真的不想參加歌詠團。我咬着嘴唇，陷入進退兩難的思維。

一首跳躍的曲子響起，像在輕輕敲扣我的腦門。我抬起頭來，看見柳小青坐在鋼琴前面，瘦小的身軀隨着雙手按鍵的動作微微抖動。原來柳小青不是來試音的。

就在這個時候，我看見了老鼠。我不知道牠們是什麼時候和從哪裏跑出來的。牠們一共有三隻，體形胖胖的，雖然一身灰黑，但看來並不骯髒，這跟我在家裏看見過的老鼠不很相同。老鼠們一會兒在地上分散爬行，一會兒又聚在一起蹦蹦跳跳。我簡

直是看傻了眼，呆呆坐着，既不懂得離開，又沒有想到要報告給老師知道。

音樂戛然而止，老鼠像電動玩具跑車一樣迅速滑行，紛紛鑽進儲物櫃後面。黎老師發現我還未離去，詫異地說：張小冬，你還在這裏啊！我就像偷窺了不應該看見的事情一樣，耳根發熱，恨不得一溜煙的跑掉。我只記得，柳小青扭着身子，瞪着圓溜溜的眼睛看我。

回到家裏，我把老鼠的事情思索了一整晚。吃晚飯的時候我跟媽媽說：其實老鼠也不一定是壞東西。媽媽望望爸爸，爸爸含糊不清地說：當然我們不應該對老鼠有偏見。媽媽臉上一副沒好氣的樣子。

第二天下課後，我又爬上那條發出嘎吱嘎吱的聲音的木樓梯來到音樂室。在門外我已經聽見柳小青昨天彈的那首曲子。我不知道她算是彈得好不好，但這曲子就像清涼的雨點一樣一滴一滴的灑在我的臉上，是一首適合在夏末乾燥的日子彈奏的曲子。

音樂室內只有柳小青一個人，遠遠望去她真像一個可憐的演奏家。巨大的三角鋼琴差不多把她細小的個子完全遮擋着，情景就像小孩子坐在平治房車的駕駛座上。前面是幾十個空空的座位，仿似一個沒有觀眾買票入場的演奏會。我竟然為這景象覺着了一點傷感。

柳小青似乎沒有察覺我的存在，我也儘量不打擾她，靜靜蹲下來，目光往地上搜索。老鼠們果然已經出動，今次一共有五隻之多，圍成一個圈子在團團轉，牠們甚至在柳小青懸在半空的雙腿下面鑽來鑽去。我躲在椅子後面觀賞老鼠的舞蹈，看得實在太投入了，忍不住笑了出來。

琴音倏地停止，我就像一個舞蹈員失手跌了一跤一樣，沒有勇氣再爬起來。

我聽見黎老師的腳步，她跟柳小青説：小青，有沒有看見張小冬？我悄悄爬到音樂室門口，站直身子，低聲説：黎老師。

我斜斜瞅着音樂室的地面，但老鼠們已經不知所終。

黎老師問我今天準備好了沒有，我遲疑地指指喉嚨，一聲不響。黎老師做出無奈的表情，叫我第二天再來試試看。我在心裏暗忖，難道真的要永遠裝下去？我實在萬分困惑，不知道還有什麼辦法可以拒絕參加歌詠團。但如果能夠常常來到音樂室練習，看看老鼠跳舞，那也不錯啊！柳小青大概會給歌詠團彈琴吧！

我再次來到音樂室的時候，心中已經拿定了主意。這一次由我先唱，柳小青坐在一旁等候。黎老師十分滿意我的表現，説我可以唱女高音的聲部。柳小青一定看見我面紅耳赤的樣子了，我很後悔剛才盡了全力唱得那麼高。

試音完畢，黎老師說有點事情要辦，叫柳小青先自己練一會，跟着便風一般的在音樂室門口消失了。柳小青在鋼琴前端正坐好，打開琴譜放在前面，叮咚叮咚的彈奏起來。我蜷縮在座位中，還未曾從女高音的打擊中恢復過來。也許我真的不應該參加歌詠團。

這時候老鼠又出來了，這次有七隻，像純熟的舞台表演者一樣以各具特色的姿態從幕後登場。我想，如果柳小青不介意的話，在學校組成一個老鼠舞蹈團也不錯，同學們一定會看得津津有味呢！其實，唱女高音也不錯吧，就算連女孩子也未必能唱啊！琴音的調子愈來愈高揚，老鼠的舞步也愈來愈激越，我不自覺地跟着樂曲哼唱，差點還想手舞足蹈起來。

一曲彈罷，柳小青垂下雙手，微微喘氣。老鼠們沒有謝幕便魚貫回到後台去。

妳很喜歡彈琴嗎？我以不自然的過高音調發問。

她搖搖頭，氣若游絲地說：是媽媽要我彈的。

她的答案令我很失望，我急於鼓勵她，說：但，但是，你真的彈得很好啊！連老鼠也出來跳舞呢！

柳小青雙腿一縮，跳到地上，發出哇一聲的驚呼，拎着書包跑掉了。門外傳來木樓梯上急促的腳步聲。翻開的琴譜還在鋼琴上面，紙頁在風扇的吹動中一顫一顫。

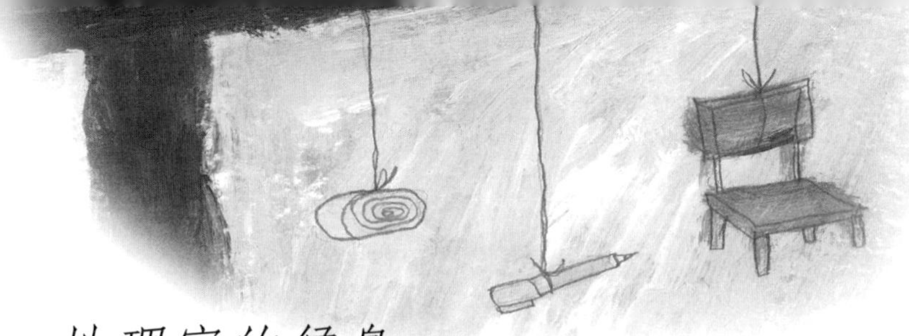

地理室的候鳥

地理科是一個我情有獨鍾的科目，我最喜歡的是那些線條優美、色彩奪目的地圖。早在念小學的時候，我已經把世界地圖念得爛熟，隨時可以指出委內瑞拉或冰島這些小國的位置，知道愛爾蘭和北愛爾蘭並不是屬於同一個國家。我躲在家中小小的房間，攤開有着透明藍色海洋的世界地圖，漫遊於撒哈拉沙漠、阿瑪遜森林、西印度羣島，或是南極洲冰天雪地之中。透過那薄薄的一紙地圖，我擁有全世界，在上面建立起自己無窮廣遠的天地。我甚至會自行繪製地圖，虛構出各種不存在的地方，幻想出各種不可能的城市。對當時的我來說，地圖並不是真實世界的模擬，而是創造世界的方法。

正因為此，我對中學地理課是帶有一點期望的。令人遺憾的是，低年班的地理課一般也是在課室裏上的，很少有機會到地理室去。我們也知道地理室就在校舍四樓，那裏也是中六、中七同學課室的所在，但感覺上它就像南非的好望角一樣遙不可及。

令我驚訝的是，班中坐在我旁邊的阿奇原來也是地圖專家。起先，我們對彼此的興趣一無所知，雖然自從學期初我們便被安排坐在一起，但我並沒有什麼話題跟他交流。我和阿奇大概是屬於兩個不同極端的人，一個不愛説話，一個終日聒噪不休。班裏的同學也避開他，嫌他煩，我倒沒有所謂。我沒話跟他説也不是因為討厭他，而是真的沒什麼好説。

只是後來有一天，在地理課上，阿奇突然問我知不知道溫哥華是在加拿大的東部還是西部，我們便開始了交流有關地圖的心得。初時我覺着遇到對手，不敢怠慢，後來才知道原來阿奇在世界上只認識加拿大一個國家，這實在使我百思不得其解。雖然在廣博方面我比阿奇優勝，但我也着實從阿奇那裏學到不少加拿大的地理知識。

在一次偶然的機會，我終於能夠參觀那夢寐以求的地理室。那一天教地理的侯老師向我們展示了一些關於新界區濕地的圖片，講解了鳥類在米埔一帶棲息的情形。這似乎跟我們的課本內容沒有什麼關係，但看看鳥兒的照片總比念那些枯燥的文字有趣。課後侯老師説要請一位同學幫他把教材拿回地理室，而我竟然很幸運地被選中了。

我心目中的地理室是一個掛滿了地圖，放滿了地勢模型、地球儀，甚至是探測地震的儀器的地方，但當我來到現實中的地理室的時候，我發現它原來跟一間普通的課室大同小異。沒錯，它的牆上的確張貼着地圖和高年班同學做的報告，桌上的確放着一個像五號足球大小的地球儀和一個像超人電視片中的建築物的紙製校舍模型，在黑板旁邊還有投射幻燈片的屏幕，但這跟我想像中充滿着航海家和探險家格調的地理室實在相差太遠了。

地理室的一角有一個小小的儲物室，大概是用來存放各種活動教材的。我把圖片放在桌子上，任務便完成了，但在侯老師作出指示之前，我不敢擅自離去。侯老師消失在儲物室的門後，裏面傳出搬弄東西的聲音。我垂手站在門外，眺望地理室窗外的風景。從地理室的窗子外望，可以看見校舍後面的小山，山上的草叢間有一條小徑，如果有人從路上經過的話，大概在窗前跟他打招呼和大聲説話也可以。

我把目光轉回教人失望地平庸的地理室，眼睛未能立刻適應沒有亮燈的陰暗室內。在投映器像禿枝一樣的折射鏡部分上面，放着一個鳥類的模型。鳥的身體像一個欖球的大小，背部以至尾巴和翅膀的部分也是烏溜溜的，彷彿在製作的最後工序中噴上了光漆。牠的胸腹卻是異常的皚白，在暗室中就像在螢放着淡淡的幽光。可能因為正在作歇息的姿態的緣故，牠看來縮起脖子，有點像一頭小巧的企鵝，只有那勾曲尖長、如塗了朱漆般鮮紅的嘴喙和鳥類特有的銳利眼珠子，令人不會把牠和別種動物混淆。

投映器似乎不是擺放鳥類模型的理想地方，萬一模型掉了下來怎麼辦？我希望侯老師會給我一個合理的答案，解開我的困惑。就在這時候，那模型鳥眨了一下眼睛。那是比流星閃現還短促的一瞬，但我的而且確看見那模型鳥眨了一下眼睛。侯老師出來了，帶上了儲物室的門，說了一聲：噢，還在這裏啊！我以祈願的眼神引導他的目光投向投映器，但上面的模型鳥卻已經不知所終。

侯老師說地理室從來也沒有放置什麼鳥類模型。我沒有把鳥的事情告訴他，我怕那樣會給他一個壞印象，使他不再讓我到地理室去。地理室曾經迅速失去的魅力，因為一隻鳥又完全的恢復過來了。

我認為那一定是一隻候鳥，但這並不是基於任何對候鳥的認識。在那個年紀，我們相信的事情往往出自想像多於出自確實的證據。我通過地圖對世界的理解也是如此。鳥一定是在遷移的途中，誤闖了我們學校的地理室。說不定牠正在跟隨隊伍自北向南橫越東太平洋，卻因為碰上磁場或時空錯置區域之類的緣故落了單，給轉移到一個陌生的地方。如果情況真的是這樣，我應該怎樣去幫助牠尋回牠的親人和朋友，找到牠棲息存活的居所？

為了減輕我心內的憂慮，我跟阿奇說了候鳥的事情。我覺得阿奇是一個可以談論地理室中的候鳥的對象。對於候鳥的特殊情況，阿奇有他自己的一番見解。他認為鳥是在冬天沿着北美洲西岸向南遷移的一種候鳥，牠們的目的地是南美洲的巴西。他一邊解釋他的理論一邊用鉛筆在世界地圖集上指出候鳥的飛行路線。當筆尖停在中美洲加勒比海上的某個地方，他把鉛筆抽起，在空中畫了個弧形。牠就是這樣進入了我們的世界，他說。我點點頭，頗同意他的假設。候鳥從一個我們想像的真實世界進入地圖，再從地圖進入我們經驗的真實世界。

我從來未曾跟一個同學作過如此深入的討論，這是我第一次和另外一個人找到共同感興趣的話題。可惜沒多久阿奇便因故告了一段長假，有人説他患了重病，但也有人説他的父親從加拿大回來，正在籌備舉家移民的事情。關於患病和移民，阿奇也沒有跟我提過，我也沒有因此而怪責他，因為這些也是我們共同的世界以外的事情。但他把我們共同世界內的事情向別人洩露，卻令我有被出賣的感覺。有的同學問我在地理室中看見的是不是一隻麻鷹，有的同學則在我面前模仿飛鳥的姿態，口中發出嘰哩咕嚕的怪叫。我覺得我和阿奇共同建立的世界已經被褻瀆，心中無限的悲傷，我只想如果有一天阿奇回來，我可以帶他去看一遍我們心目中近乎神聖的候鳥。

但阿奇沒有再回來了，班主任施老師説他已經移民到加拿大去。我旁邊的空座位很快便給其他同學佔上，但我再沒有跟任何人走進地圖的世界裏去。

施老師宣佈阿奇不再回來的那一天，我在走廊上碰見侯老師，他手中拿着地圖卷軸，神色匆忙。他叫了我的名字，問我可否替他把地圖放回地理室。我點點頭。他把卷軸交在我的手中，故作風趣地説：你可以順便看看你的鳥吧！連侯老師也知道鳥的事情，而且完全採取了輕率的態度，這令我十分懊惱。

我抱着卷軸推門進入地理室，立刻望見投映器上面那團影子。鳥果然佇立在那裏，以冷鋭的眼神迎接我。我小心翼翼地趨前，惟恐驚嚇了候鳥，輕輕把卷軸放在桌子上，慢慢拉開。那剛巧是個世界地圖。我記起阿奇的説法，向候鳥指出有着美麗弧形的加勒比海灣，説：鳥，回去啊！回去你來自的地方，跟你的同類在一起吧！

鳥眨了眨眼。

我知道鳥飛走之後也許永遠也不會再回來了，但我還是催促牠。

鳥拍翼的時候帶着颶風似的聲音，展開的地圖在我的手中一晃一晃。

圖書館的森林

在起先的時候，我對這個圖書館並沒有什麼期望。對當時的我來説，圖書館的意義只是一個可以給予我午飯後半小時絕對的安靜的處所，而安靜的方式，包括翻揭各種仿如出土甲骨文的書冊，做白日夢和打瞌睡。直至那天我看見空中飄過木棉樹的種子，圖書館才驟然成為一個生機勃勃的地方。

那是一個毫無特色可供記認的中午，連天色也不陰不晴，我習慣性地來到設在禮堂樓上的圖書館，準備隨意翻翻一些霉黃殘缺的歷史書、生物書或化學書，看不明白也沒關係，我需要的不過是那些奇妙的名字和符號的陌生感覺。陌生往往是夢幻的先決條件。

在圖書館入口處有一個借書和還書的櫃枱，櫃枱後面坐着一個永遠也穿着素白衣裳的女子。我從來也不知道她究竟是一位老師還是普通的職工。她的年齡很難估計，似乎是十分年輕，透發着一副畢業生的幼嫩，但看她不苟言笑的神情，又覺着一點蒼老和肅穆。她的樣子看來就像一團搓扁了的麪粉，在蛋圓的臉上有下垂的雙眼、纖細的眉毛和低低的鼻子，不長不短的頭髮撩在耳後。這樣的臉孔要是描述出來怎樣也沒法跟「美麗」沾上關係，但每當我經過圖書館入口的時候，我也忍不住偷偷瞥看櫃枱後面那冷凝如一座冰雕的女子面貌，覺得她就像守護着某種夢幻世界入口的仙子。

這一天仙子半眼也沒有一抬，腦袋垂得低低的。我還沒有長高到可以看見櫃枱後面的情況，不知道她是在看書還是什麼。我們學校好像還沒有培養出借閱圖書的風氣，櫃枱前面總是冷清清的，仙子整天在這裏坐着難免會感到百無聊賴吧！我在書本疏落如同牙齒參差的老人嘴巴的書架間留連，隨意拔掉一兩顆，裏面竟也是蛀蝕得不堪入目的，不是圖片給撕去，便是塗滿了各種符號，要不然就是紙頁霉黃，只要輕輕一掀動便整頁撕破。不知從哪裏生出的念頭，我忽然想找一本關於樹木的圖書，但卻只找到一本關於草本植物的。

我坐在一張空置的六人桌前，翻開草本植物圖冊，開始進行一次書面上的實地遠足。但這種遠足並不一定可以心無旁騖的。還未消化的午餐令我的胸口窒悶着。圖書館樓下的禮堂傳來手提錄音機播出的素質粗糙的音樂，大概是學校舞蹈團又在練習了，他們集體跳躍時連圖書館的地板也隱隱震動。我合上書本，打了個嗝兒，不能如預期中找到一本關於樹木的書令我有點不安。也許我可以向仙子求助，她既然是圖書館的守護仙子，她一定對這裏的一切瞭如指掌。

上課的時間已經一分一秒地逼近了，我依然黏在那書桌前，猶豫不決。我就像一條小魚，戰戰兢兢，不敢接近一頭看來高傲不羣的白鶴。

我……我想知道……圖書館有沒有關於……樹木的書。我儘量踮着腳尖，在櫃枱前吞吞吐吐地說。仙子連頭也沒動，只是眼睛抬起來，像是充滿怪責地瞪視着我。我不由得往後退了一步，不知該立刻跑掉還是等待懲罰。

從前是有的，不過已經遺失了。她終於開口了，語調竟然異常的溫和，跟她的神情完全不相符，這使我以為是另一個人在說話。圖書館一直在遺失書本，剩下來的也漸漸變得殘破，書架上的書全部也至少是十年前的了，最舊的有三、四十年的歷史。她說罷，瞇着眼睛望向書架，彷彿在眺看一片寬廣的山林。上課的鐘聲響起來了，我終於可以從這段膠着的談話解脫出來。在我轉身想跑掉的時候，我聽見仙子在背後低聲說了句：你最好別來圖書館了，這裏對你沒有益處。我驚訝地回頭，看見一團稀鬆的棉

Date:

花在仙子頭頂飄過，隨風飛向沉在陰影中的書架。

後來我從書上知道，那是木棉樹的種子。

那書是我第二天中午到圖書館的時候，仙子借給我的。她沒有説書是從哪裏找來，也沒有辦理任何借出的手續，就只是從櫃枱後面仰前身子，伸出白如奶油的手臂，遞給我一本印滿彩色圖片的樹木手冊。我含糊地謝過了她，來到書架前的桌子，選了一個靠窗的座位開始閱讀。窗外有一棵從路旁一直生長上來的鳳凰木，在秋末的涼風中抖落如雨點的羽細葉片。我翻到關於鳳凰木的一章，低頭細讀，抬頭細想。這時候，我察覺到書架上靠窗的角落有一撮毫不起眼的翠綠，是一條細嫩的莖，從一冊朽壞的舊書中伸延出來，莖上掛着幾片新葉。

自從那一天起，圖書館迅速發展成一個佈滿植物的森林。我第一次看見的那棵，是紫花牽牛，屬攀援狀植物。後來還有各種胡瓜、茶花、常春藤和炮仗花等，活像一個包羅萬有的花店。我每天也帶着樹木圖冊，來到圖書館辨認各種植物的名稱和特性，仙子又借給我其他植物種類的圖書，但也沒有告訴我要在什麼時候歸還，於是我想，這些書也許是她自己的私人珍藏。為此，我在翻看的時候加倍小心，恐怕會令書本損壞。但仙子從來也沒有離開過櫃枱範圍半步，彷彿一棵扎根在那裏的植物一樣，也不見

她因為圖書館的轉變而露出欣喜或至少是稍感興趣的神色。她一如以往，一種說不出快樂還是哀愁的漠然。

我不知道其他人怎樣看待圖書館的轉變，除了我自己，差不多沒有人再到圖書館去。他們究竟是把圖書館視作可怕的怪物還是可厭的棄兒？他們甚至沒有向校長報告，請他出來做一點事情，只是讓圖書館隨着草木的增生而沒落。所有的書本也長出植物來了，彷佛急於回復它們前生的狀態，再這樣下去，圖書館便不會有一本可以閱讀的書了。連我自己也不得不思索，我究竟希望有一個樹木林立生機盎然的圖書館，還是一個暮氣沉沉知識殘缺不全但仍可供閱讀的圖書館。

圖書館森林擴張的速度開始令我擔憂了。它的內部已經糾結成一片密林，枯壞的樹葉在地上化為濕潤的殘渣，滋養着植物繼續生長。樹叢中已經差不多找不到可以坐下的桌椅，有時候我得趴下來才能穿過交錯的枝椏。在陰暗而百折千迴的叢林中，我甚至多次迷路，找不到圖書館的出口。我恐怕，圖書館森林快要從門窗向外蔓延，吞噬整座禮堂建築，甚至整個校園。仙子給我的樹木圖集已經在叢林內扎了根，長出了一棵木棉樹。這難免使我有點懊惱，因為我不知道哪裏去找一本相同的書回來還給仙子。

仙子是惟一留守圖書館的人，她對周遭的一切處之泰然。櫃枱的四周爬滿了藤蔓，差不多要把仙子淹沒了。我替她萬分焦急，想勸她離開這個地方，但她總是不為所動。在萬綠草叢中，白嫩的她就像一朵淡靜的百合。我後來回想才領悟到，她的美麗是一種不能接近的美麗。因為櫃枱和冷漠的距離，她才成為我心中的仙子。

我終於忍不住跟仙子說：妳快點離開這裏吧！圖書館快要毀滅了！

但她還是那樣的泰然自若，向我招手，說：小弟弟，跟我來。

我遲疑了半晌，彎身爬到櫃枱後面。仙子的身體彷彿一頭白色的狐狸，柔軟而靈巧，在交纏不清的枝葉間活動自如。我緊隨着她，鋒利的枝葉刮在我的臉上，但我又不敢低下頭，怕失去了仙子的蹤迹。爬行了一段路程，我們來到一個黑暗的山洞。忽然有燈光亮起來，眼前是一個寬敞的貯物間，四處也有堆疊成牆的簇新書本，其中包括各種美麗的動植物圖集。

這就是圖書館在這十年內添置的新書。仙子説。

但妳為什麼不把它們放到書架上？

我不是這個圖書館的管理員，我愛莫能助。圖書館的負責人周老師掌管一切，她快要來把森林一把火燒掉。

那麼妳是——

仙子什麼也沒有説，只是微笑，裏面説不出是快樂還是悲哀。

我已經不記得那天仙子是不是真的曾經露出稍縱即逝的微笑。第二天中午圖書館森林已經消失了，一切回復到老樣子。櫃枱後面坐着戴着老花眼鏡的周老師，抬高下巴瞇着眼睛透過眼鏡的下半看報紙。報頭的日期是一星期前的了。我找遍了書架也找不到樹木圖集，一個圖書館怎可以沒有樹木圖集呢？我有哭的衝動，匆匆跑出圖書館，經過櫃枱的時候，隱隱聞到一陣百合花的芳香，回頭一看，窗外飄過漫天雪花。

原來是木棉子呢！

實驗室的樹蛙

樹蛙彷彿就站在冬天的兩端，在我的心中架起了無形的實驗室，好讓我進行一場思緒的試煉。但在表面上，一切看起來又是那麼的平靜，就像什麼也不曾發生一樣。

這年冬天的記憶，有着一種由挖土機演奏的背景音樂。冬天過後，學校實驗室後面的小山消失了，低矮的住宅建築像春天的植物般從地面長出來。關於樹蛙的思索，往往也和工程發出的噪音混和在一起，彷彿兩件事情之間存在着某種關連。

冬天的實驗室，比世界上任何一個地方還冰冷。對一個剛升上中學的孩子來說，實驗室提供了一種嶄新的經驗，而這種經驗總是處於低溫的狀態。這種冰冷感可能來自實驗室中種種嚴苛的規則和隨時發生危險的戒懼，也可能來自那些解剖動物屍體的聯想。還有的，也許就是那七個盛着防腐藥水的玻璃瓶子。在那些給人酸餿的感覺的泛黃液體中，浮着一系列由小至大的胚胎，最小的一個像一隻未發育的小老鼠，最大的一個則已經擁有如思想

Exercise book Exercise book Exercise book Exercise

家般比例上特別發達的腦袋，並且閉上眼睛作深沉思索狀。但教我印象最深刻的卻是另外一個，他有着鼓囊囊的眼睛和瘦小蜷曲的身體，令我想起布公仔電視劇中的青蛙加米。

現在回想，那些玻璃瓶中的小人形的存在其實頗帶有一點哲學意味，它們第一次令我想到生命的問題。當時我的腦海中縈繞着這樣的問題：如果它們能夠活下來，它們會是跟我一般的年紀，並且可能成為我的同學嗎？又或者，它們會是我的長輩嗎？如果我不是在媽媽的肚子內好好的活下來，我現在會不會不是站在外面而是浮在玻璃瓶子內？是什麼使它們在裏面而我在外面？凝望着玻璃瓶子中的小加米，我總覺得它們有很多話要跟我説，但又沒法説出來。生命，原來可以是如此的脆弱，在開始之前，已經終結。

樹蛙證實了我的軟弱，這是我不得不承認的事實。也許我可以抵賴説：那一次的過失是樹蛙促成的啊！但我認為並不是這樣。當時我們剛完成了一次測量不同流質的沸點的實驗，馬老師叫我們把容器和試管清洗乾淨，然後到老師桌前聽他講解。當我正要清洗一枝試管的時候，水龍頭旁邊閃出了一個細小的影子，越過我的手肘，降落在桌沿。我的手一鬆，試管便啪一聲在盥洗盤內打碎了。在那影子躍到地上之前，我看見牠是一隻一截拇指般大小的青蛙。

如果我在當時立刻承認打碎了試管，也許事情會以很簡單的方式解決，最多是給馬老師責備幾句。但一刻的猶豫令情況演變得難以挽回，每拖延一分鐘，便需要多一分的勇氣才能如實招認。我們一組六個同學以悼念逝去親友般的緘默圍着桌子，馬老師則抱着手臂在一旁等待犯事者自首。我不敢抬頭望他們，知道他們一定在心中詛咒那個怯懦的傢伙。但我能夠在這時候才坦白嗎？一旦隱瞞便不能不堅持下去。我怎樣可以告訴馬老師是因為青蛙我才打破了試管？這是何等令人難以信服的解釋！但如果我不是這樣和盤托出，我豈不是重蹈欺瞞的覆轍？

結果我們一組六人也留了堂，在那漫長的一小時中，我們每一個也陷入彷如玻璃瓶中的加米的沉默，互相懷疑和被懷疑，而當中只有我知道是誰應負上責任。五個無辜的同學所受的懲罰比打破試管本身更令我歉疚難安。離開學校的時候，柳小青剛巧拿着琴譜經過，遠遠的盯着我不放，眼神中彷彿有一種鄙夷。柳小青鑽進一輛停泊在校門外的房車，駕車的女人大概是她媽媽。

後來在一次高年級同學辦的野生動物圖片展中，我看見一種香港獨有的盧文樹蛙，牠們棲身於赤鱲角和南丫島等幾個地方。我幾乎可以肯定，我曾經在實驗室中看見的就是這種樹蛙，但為什麼樹蛙會跑到學校來？

柳小青的眼神第一次令我面對自己的卑劣，我覺得有非常迫切的需要為我的行為作出補贖。但舊事重提已經沒有意義，大家也已經忘記了試管的事情，只有我還被那瑣細的玻璃碎片刺痛着。我得尋找一個個人的方法把自己從罪咎感中解脱出來。

冬天冷冽的空氣彷彿令情況顯得格外凝重。下課後，我雙手插在褲袋中，獨自在實驗室前面的空地上徘徊。挖土機的聲音在建築物後面響個不停，像在暗處埋伏、步步逼近的猛獸。我的眼睛不住往牆壁的角落和縫隙和盆栽底部的泥土搜索，企圖追蹤樹蛙潛進實驗室的路向。可是四處只有乾燥枯黃的落葉，連螞蟻也沒有半隻，更莫説樹蛙了。實驗室的門在課後便鎖上，只有老師才有鑰匙。我把鼻子湊在冰塊似的玻璃窗上，陰暗的室內連靈魂走動的迹象也沒有，角落處的七瓶小加米繼續它們永恆的沉思。不一會，玻璃上一片迷濛。

這是一個單調的冬天，挖土機以不變的節奏不停剮進我的心內，翻出埋藏在裏面的惡劣根鬚。我天天瑟縮着身軀在實驗室周圍尋找樹蛙，明知徒勞無功，但卻甘願承受冷風的折磨，彷彿覺得這是一種必須的考驗。但英雄感轉瞬即逝，一切其實不過是一場自我懲罰。高高的窗子上傳出鋼琴的聲音，音樂室就在實驗室兩層之上。一定又是柳小青在練習了，微弱的琴音竭力地跟嘈吵的挖土機競鬥，我可以想像身軀瘦小的柳小青如何勇敢地站在怪物般巨大的挖土機前面阻擋它的前進，而我則怯懦地躲在一旁。

張小冬，你在做什麼？

我抬頭朝聲音望去，看見柳小青在二樓的樓梯上面，仰前身子，脅下夾着琴譜。我忽然慌亂了，不知該如實告訴她還是撒個謊搪塞過去。

我在找樹蛙。

樹蛙？

嗯。

牠們不是已經冬眠了嗎？

說罷，她跑下樓梯，抬起微抖的纖白手腕看看上面的手錶。

我媽媽來接我了，你自己慢慢找吧！

柳小青走起路來像個老成的演奏家，姿態跟她那童稚的身軀很不合稱。

過了幾天，黑炭以嘲諷的口吻跟我說：張小冬，這次你又看見什麼了？是樹蛙吧！下次說不定會看見恐龍呢！我沒有爭辯，一言不發地走開了。

下課後，我照樣往實驗室那邊走去，一些同學在背後發出打碎玻璃似的笑聲。這一天的天色彷彿特別晦暗，空氣中飄盪着工地那邊不知在焚燒什麼而產生的難聞氣味。我意外地發現柳小青正坐在樓梯級上，用手掩着鼻子，琴譜放在大腿上。

張小冬，不是我説的啊！

我有點愕然，轉念一想才明白她的意思。她大概以為我不相信，再強調了一遍：真的不是我説的啊！

我不知該説些什麼來安撫她，呆呆的抽着冷空氣。我不知為什麼忽然想起那次在實驗室打碎試管的事情，有一種想把真相告訴她的衝動。一直以來，我就是盼望着這樣的機會把抑鬱在心中的罪惡藉着告解釋放出來吧！

妳今天不彈琴了嗎？

不彈了，手很痠。

妳媽媽會來接妳嗎？

會啊！不過時間還早呢！我可以幫你找樹蛙嗎？

結果，在我們找到樹蛙之前，冬天已經過去了。柳小青繼續彈琴，她的媽媽繼續駕車來接她，學校後面的工地繼續在轟隆之聲和滾滾沙塵中改變面貌，我繼續惦念着樹蛙。

我到長大後才認識到，這種樹蛙是瀕臨絕種的生物，但有人仍然不惜一切的拯救牠們，把牠們從破滅的家園帶走，在實驗室

中繁殖下一代，然後幫助牠們遷移到新的居所。

在學校後面的工地開始打地基的時候，我再在實驗室遇上樹蛙。那是在實驗課之後，當大家正魚貫離開實驗室，我回去把一枝放得不好的試管扶正，瞥見盥洗盤內有東西跳動，定睛一看，才知道是小小的樹蛙。牠們往空中一躍，也就不見了。

我一共看見三隻樹蛙。

籃球場的小灰熊

在那個年紀，時間這東西總是以一種混沌的方式慢慢沉積，日子一天又一天地重複，感覺也停留於永恆的現在。長大後回看，人才會驚覺時光的飛逝，景物的變遷。現在遂給一個愈來愈沉重的過去吞沒；年齡的增長跟失去的光陰成正比例。不過我們並未失去一切，那些時間的沉積物，我們稱之為記憶，但記憶就像河牀的淤泥一樣，沒有固定的形狀，只會隨着河水的暗湧翻起混濁的迷霧。

所以我有時候實在沒法分辨在這裏說的這些事情究竟是重疊發生還是互為獨立的單元。每一個地方所給我的經驗彷佛也沒有終止，許多的情節並行發展下去，沒有先後次序。但實質上有些事情已經無可置疑地不能復返，只是我還未懂得失落的滋味吧！這個校園就像一個超越時間的空間，在這裏作為小冬的我免除了成長的痛苦，來與去是那麼的自然而然，擁有的感覺總是沉寂而漫長，像午後的微風，失去卻像短暫的夕陽，一瞬便被悠悠的晚空取代。然後又是第二天了。

　　籃球場一早便存在，正如小灰熊一早便存在一樣。在記憶的空間裏，當我站在籃球場，並不代表我不能同時處身於樓梯間、實驗室、禮堂和音樂室等其他地方。整個校園繽紛多樣的各個角落就建築在我的腦袋中，隨時在我生活中有意或無意的呼喚中展開。

　　眼前是一個籃球場，上面有許多籃球在跳動，學校籃球隊正在練習走籃射球。我剛參加完歌詠團的練習，學校快將舉行校慶晚會了。從音樂室那邊走到校門，途中經過籃球場，聽見那些皮球撞擊在地上的聲音，我放慢了腳步。我們班的黑炭也在隊伍裏面，他大概是丙組年紀最小的隊員，但他的身材的確是高大，絕對不會給中三的隊員比下去。教體育的冼老師站在禁區圈旁把球拋給逐一跑上來的球員，我發現球隊全由男生組成。是學校沒有組成女子隊嗎？還是女子隊有另外練習的時間？在球場另一邊，一個穿校服裙的女生獨個兒在擲球，重複着單調乏味的動作，連入球也沒帶來半點驚喜。她的校服裙隨着每次跳躍揚起來，露出下面的運動短褲。

　　在女生擲球的籃球架上，爬着一隻灰色的小熊，樣子有點像澳洲的樹熊，但因為牠爬的並不是一棵樹，所以牠給我第一個印象就是一隻小灰熊。牠就爬在籃板後面的支柱上，靜止不動，只隨着籃球碰在球架上所造成的晃動微微震動，看來就像熊仔專賣店裏面的毛公仔。女生似乎沒有察覺小灰熊的存在，繼續在沉悶的情緒中擲球。她的投籃技術好像不錯，十球之中投中四、五球，雖不中的也相差不遠。如果學校有女子籃球隊的話，她一定會被挑選加入無疑。

男生們練習完畢，黑炭向球場另一端走去，女孩子回身把球向他擲去，他雙手接住，做了走籃的動作，把球送進籃中。黑炭臉上掛着明顯的成功感，球架上的小灰熊卻瞇着眼睛毫無興趣的望向遠方。我避開了黑炭的目光，匆匆步向校門。

自從候鳥的事情，我常常思索時空交錯的問題。媽媽在晚飯的時候喜歡說各種古怪的話，例如：如果明天醒來不用上班，發現自己躺在希臘小島的沙灘上曬太陽便好了。我想，如果她明早忽然發現自己身處希臘，不知會是興奮還是有一點點驚惶失措？她轉眼又會一臉無奈地說：小冬，別心不在焉好嗎？這個孩子老是做白日夢！爸爸總是唱反調，說：妳剛才不也是在做白日夢嗎？媽媽在這時候會氣結道：人家快要以為你的孩子患了痴呆症了！其實我是想跟他們談談時空交錯的問題的，但在這種情況下，我覺得他們並不是談這種話題的理想對象。於是，我如常不發一聲的繼續吃飯，旁觀他們漲得紅紅的臉容。

自從那天之後，我每次歌詠團練習完畢也會來到籃球場，坐在旁邊的長凳上看小灰熊。每次不是碰上籃球隊在練習，便是看見黑炭跟同學們在打球。有時候那個女孩子會獨自在投籃，有時候則無聊地坐在一旁觀看，到球伴們大多散去的時候，黑炭才讓女孩子加入。有好幾次他斜斜瞅着我，像要作出某種暗示，但我關心的只是爬在球架上的小灰熊，擔心牠會給無情的籃球擊中。牠伸張細小而有力的指爪，抱着那冰冷沒有生命的金屬支架，彷彿在懷念樹木的形狀。我遙遙凝視牠，努力設想牠懷抱裏的世界。

有一天寒冷忽然像關掉的空調一樣消退，學校像童話故事的古堡般沉在霧中，地上四處積聚着水窪，牆壁像冒汗一樣滴着水珠，樓梯上滿是骯髒的足迹。這天的體育課規定打籃球，濕漉漉的籃球在水汪汪的地上乏力地跳躍，我來回奔跑，但籃球總是越過我落在別人手中。其中只有一次，籃球迎面飛來，打在我的胸口上，我一陣窒息，球也來不及接，它又溜到別處去。黑炭的聲音在我耳邊説：下課後最好別再在籃球場逗留。

也許是體育課上給籃球重擊的關係，歌詠團練習的時候呼吸很不暢順，完全唱不上來。解散後走過籃球場，忍不住又往球架望去，看見小灰熊還在那裏，無視於黏濕的氣候。再把視線移向球場中央，才發現只有黑炭一個人。他蹲坐在籃球上面，雙手抱着膝蓋，低頭盯視腳下一雙髒兮兮的球鞋。那個打球的女孩子看來已經走了。

你在看什麼？黑炭的聲音越過球場傳過來。

我緘默不語，覺得黑炭的聲音比平時脆弱了。

你在看什麼？

我在看灰熊。

這次是灰熊？他似乎想作出無力的取笑。

我輕輕聳聳肩膊。

在哪裏？

我回身，指向籃球架。小灰熊大概不知道我們在談論牠，逕自緩緩的眨動眼睛。

今天不打球啊？我也驚訝自己竟然會這樣問黑炭。

你打嗎？他的語氣好像在邀請我。

我搖搖頭。

黑炭聳聳肩，繼續呆坐在籃球上，鬆脱的襯衫下襬垂在兩旁，像在孵蛋的大鳥。

我踏出校門，一邊在路上走着，一邊在欄柵的空隙間看着黑炭割裂的身影，在籃球場的中央。

媽媽和爸爸也抽空出席了校慶晚會，他們認為我參加了歌詠團已經是一件十分令人安慰的事情。他們內向寡言的孩子至少也願意唱歌了。在歌詠團合唱表演之前的項目是柳小青的鋼琴獨奏，我擠在後台的人羣中，從帘幕間看見柳小青細小的背影，在琴音的跳躍中觸電般抽動。我抬頭仰望舞台上面的樑架，想知道有沒有老鼠聞歌起舞。然後是一陣掌聲，轉動不靈的殘舊布幕笨拙地合上。

表演完畢後，我從後台溜到籃球場。我從未見過晚間的校舍，想不到它是如此的美麗。日間不容掩飾的破落也隱沒在黑暗中，只剩下走廊上幾盞幽幽的燈光，就像除了星星以外什麼也沒有的漆黑夜空，充滿着聯想。禮堂上傳來舞蹈表演的音樂，彷彿是屬於另一個世界的聲音，我忽然體會到一種進入另一個時空的感覺。在浮游。無依的。

在微弱的燈光下我分辨出籃球架上的小灰熊。縱使日月遷移，牠也維持着那永恆的姿態，彷彿生命也可以是靜止的。

小灰熊，你為什麼會來到這裏？我抬頭跟牠説，我的聲音在晚間的籃球場上迴響。

牠緩緩地扭了扭脖頸。

是你自己也不明白嗎？也許你什麼也不用明白吧！你又不用說話，不用發出聲音，別人也不會說你有痴呆症。不過，其實你是懂得我的說話的吧。我爸爸媽媽就在禮堂裏面，他們常常問我為什麼不說話，其實這也不是很稀奇的事情，他們總是喜歡大驚小怪。你不用說話也可以，我答應不再這樣問你，不過你也要答應我在這裏等我啊！我不能跟你談得太久了，我爸爸媽媽一定很心急，也許還會四處找我，我得回去了，改天再見吧！

我跟小灰熊揮揮手，走向往禮堂的樓梯。在樓梯後面，我看見校長一個人在燈光下踱步。他回身發現了我，大踏步走過來。

原來是張小冬！一個人在探險嗎？外邊的空氣比裏面好吧！

一隻巨大的手掌落在我的肩膊上。

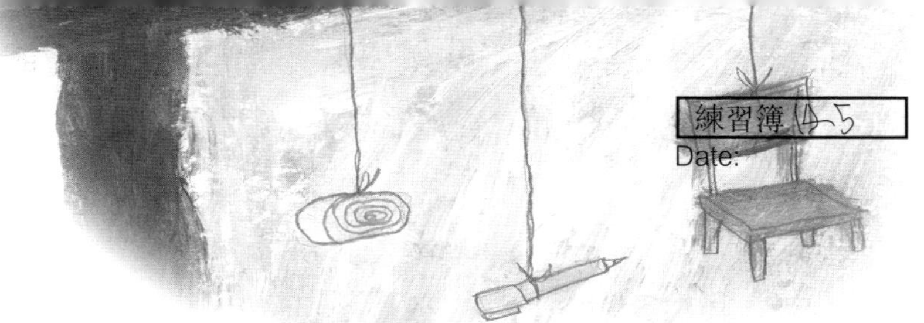

教員室的企鵝

在校園裏，教員室彷彿是另一個世界似的，裏面永遠在進行着一些不為人知的事情。有時候，在教員室短暫開合的門縫中，你會看見一些難以解釋的景象，例如一個平日不苟言笑的老師正在捧腹大笑，或者義正辭嚴的老師正在追逐嬉戲。你大概會以為自己的眼睛有點毛病，或者老師正在演習課堂上的應變措施，但待你能夠看清楚眼前的異象之前，那門已經把你和教員室的世界隔絕。

這就是教員室給我的感覺，而我想像中的教員室，總是環繞着施老師發展出來的一幅畫像。我彷彿只能藉着想像施老師如何批改功課、如何倒一杯茶和如何跟同事交談，來設想教員室內的座位、茶水間和桌椅安排的具體情形。也許這是因為施老師是我的班主任的關係吧！但有些事情甚至是施老師也沒法幫我聯想的，就像我常常認為教員室內有一個飯堂，因為門縫每到午間便傳出一陣陣餸菜的香氣，可是我怎樣也想不通教員室的面積如何能容納一個飯堂。其實我連教員室的實際面積也難以猜測，單從走廊那邊量度，在醫護室和校務處之間的教員室大概佔去兩個課室的空間，但因為在地理上不能從其他三面觀察，所以教員室總帶着一種深不可測的神祕感。

在教員室外面跟施老師談話的那一天，我看見了教員室中的企鵝。在課堂小休的時候施老師叫我下課後到教員室找她，説有點事情跟我談談。我回想最近並沒有欠交功課、測驗不及格或上課不留心之類，不知道為什麼會被特別召見，心情一直有點不安。同學們好像也在議論我被召見的事情，紛紛交頭接耳。但這也許不過是我的憂慮所造成的幻象，也許根本沒有人理會將會發生在我身上的事情。我惟一肯定的是柳小青瞪着大眼睛望向這邊，彷彿以眼神發出問號。那時候柳小青已經調到離我很遠的座位去。

來到教員室的時候，施老師已經在外面等我。施老師喜歡穿料子柔軟的長裙，而且特別鍾愛花朵的圖案。這一天是個難得陽光明媚的春天，籃球場旁邊的杜鵑開得大紅大紫、熙熙攘攘的一片，相映之下施老師的花裙卻是格外的淡靜。

張小冬，不用緊張，我不過是想了解一下你對這間學校的看法。

我點點頭，但事實上卻不明白施老師的意思。

你是不是覺得這間學校……有什麼……特別的地方？

施老師的猶豫彷彿使問題顯得特別凝重，教我一時間不知該如何回答。這間學校算不算得上是特別的呢？我又沒有念過其他中學，沒有比較怎知道怎樣才算是特別？

施老師見我不説話，又嘗試把問題引導到更具體的事情上：聽一些同學和一些老師説，你在學校內常常看見一些動物……例如獅子，或者大象之類——是老虎、候鳥、樹蛙和熊。

噢！對了，是老虎、候鳥、樹蛙和熊。但其實你知道這些東西不可能在學校裏出現啊！對吧？

我點點頭。施老師露出頗滿意的笑容。

但我的確看見了。我説。

你肯定是看見了沒錯？

肯定。

我不想立刻否定你的説話，但這實在很難令人相信啊！我需要多點時間細心想想，你先回去吧！

施老師竟然認真對待我的説話，令我有點驚訝。我還以為她會認為我在撒謊，或者思想有問題。在施老師回身推開教員室的門的時候，我瞥見她的腳下走過一隻企鵝。是企鵝沒錯。牠挺着白色的胸腹，搖擺着黑色的雙鰭，有點兒笨拙地從一邊走到另一邊。施老師似乎渾然不覺，長裙一擺便帶上門。

走到校門，柳小青站在那裏，看見我便跑上來，問：施老師找你做什麼？是不是因為樹蛙的事？

妳怎知道啊？

同學們也説你有幻想病。

妳説呢？

校門外有汽車響號，柳小青踟躕了一會，回身向汽車跑去。

晚上，施老師打電話來我家找爸爸，後來媽媽又把電話搶過去。他們談了很久，但我聽不清楚説話的內容，爸媽的樣子看來憂心忡忡。掛斷後，他們來到我跟前，一個在左邊一個在右邊，望望我又望望對方。最後還是由媽媽開口：小冬，你在學校胡亂説些什麼？

我覺得在這時候最好什麼也不説。

第二天小息的時候，我在籃球場旁邊閒逛，黑炭走過來問我：灰熊怎樣了？

牠已經走了。

為什麼走了？

因為這裏不安全。

黑炭迷惑地抬頭望着籃球架，他此刻的神情有點像已經離校的阿奇。

過了幾天，施老師又叫我下課後到教員室去。這一次我們不是站在外面談，而是到裏面去。當我跟隨着施老師踏進教員室，我的整個身體也好像通過了一個電磁場進入另一個空間一樣。裏面彷彿瀰漫着一種不同的空氣、不同的聲波和不同的重力狀態。連平時見慣的老師們也好像外星人一樣，擁有怪異扭曲的面孔。施老師安排我坐在角落裏的一張空桌子前，然後請來另一位我不認識的男老師，在我的旁邊坐下來。

男老師的風格有點像電視劇上用枱燈照着疑犯的臉的探員，他首先用很專業化的語調發出第一個問題：

張小冬同學，據我所知你曾經説過在學校裏看見老虎、海鳥、青蛙和樹熊，有這樣的事情嗎？

是老虎、候鳥、樹蛙和灰熊，還有螞蟻、老鼠和森林。

原來還有螞蟻、老鼠和森林！他做出一個誇張的不可思議的表情。

你可以告訴我在哪裏看見這些東西嗎？

不是東西，是動物和植物。我說。

動物和植物也就是東西吧！他堅持説。

我在心裏想，那麼我們也都是東西吧！男老師是個大東西，我是個小東西，世界也不過是一個東西，或者是由很多東西組成的東西。就在這時候，我看見一隻企鵝站在男老師的腿旁，伸着長嘴銜咬男老師從褲袋露出一角的手帕，敏捷地一拉，手帕便落到地上。牠一定是我曾經看見的那隻企鵝。

張小冬同學，你可以回答我的問題嗎？男老師有點不耐煩地重複他的問題。

企鵝擺了擺牠的小腦袋，聳聳牠的雙鰭，往男老師的腿間一鑽便消失了。我忍不住噗哧一笑。

張小冬，你可以認真一點嗎？男老師嚴厲起來。

別這樣啊！耐心點嘛！施老師向男老師說，彷彿有責備的意思。

老師，我剛才看見企鵝在你的腳下走過，還咬去了你的手帕呢！

男老師跳起來往地上張望，然後疑惑地拾起地上的手帕。過了半晌，才回過神來，高聲道：

這位同學實在太過分了！居然連老師也愚弄！

其他老師聞聲也圍攏過來，議論紛紛，有的喊着要捉企鵝，有的以為在談論蝙蝠俠的情節，有的則搖頭興歎。

施老師推開人羣，拉着我的手走出教員室。在走廊外面，空氣好像清新得多，有一點春天滋潤的氣味。施老師叫我還是先回家，這些事情慢慢再談。她陪我走到校門，路上一直不說話，好像很沮喪的樣子。我覺得一個沮喪的老師實在太可憐了，決定告訴她一點事情。

原先小灰熊就爬在那裏。我指着籃球架說。

牠現在還在那裏嗎？施老師好像跟一個看見幽靈的人說話一樣的半信半疑。

牠不在了。動物不干涉人的世界，但人卻喜歡干涉動物的世界，動物惟有逃走了。

施老師瞪着眼睛目送我離去，我卻在想，也許教員室的企鵝已經跑掉，回到冰冷的南極洲去了。

籃球場旁邊的杜鵑花已經統統落在地上，給踩得稀爛一片。我回頭觀望，施老師還站在校門前，神情已經不能辨別，那素淨的花裙遠遠看去形狀就像一朵伶仃的百合花。

洗手間的士多啤梨

洗手間是我們最不懷念的地方，那裏彷彿最不能夠產生有價值的回憶，或者我們總把關於那裏的回憶壓抑下去。我們拒絕關注洗手間的面貌，甚至是在進行必要的使用程序的時候也儘量把目光從骯髒的目的物移開；它的氣味雖然是確切無誤的，但總的來説在我們生活中所經歷的無數洗手間之中並沒有可算是獨一無二的地方。不過，士多啤梨令校園的洗手間成為我心目中無可替代的洗手間。

我不知道那是不是士多啤梨的季節，只知道在那個時候，四處也出售士多啤梨，而同學們也帶士多啤梨回校作為飯後小點。有一天在上學之前，媽媽從冰箱拿出一盒士多啤梨，説我可以拿五個回學校吃。我知道士多啤梨並不便宜，那時候能夠帶士多啤梨回校吃是一種身分的象徵。我倒並不介意身分的問題，也不想刻意讓人知道我擁有五顆士多啤梨。士多啤梨在我心中代表的是另外的東西。

柳小青帶回來整盒士多啤梨，一共有二十顆，是全班之冠。大家正在課堂間互相比較彼此的士多啤梨的大小、顏色和形狀的時候，坐在我旁邊的郭志文卻不發一言。我問他為什麼不把士多啤梨拿出來，他說：忘了帶，今早遲了起牀，趕忙出門，也就忘了。原本我買了滿滿的一大盤士多啤梨呢！

我從書包掏出兩顆士多啤梨，遞給郭志文，說：給你吧！他抿着嘴想了想，有點不好意思地收下了。

後來，有一個星期，市面上的士多啤梨不知何故統統消失了。媽媽下班回家總是說：今天又找不到士多啤梨了，是禁止進口了嗎？怎麼新聞上沒有報道？

爸爸從廚房走出來，說：不如暫時吃士多啤梨果占或者士多啤梨雪糕吧！

媽媽立刻反對說：士多啤梨這種味道，只可以在新鮮士多啤梨上吃到，任何複製品也無法代替，但偏偏買三色雪糕的時候士多啤梨的分量總佔最多！士多啤梨又不是特別便宜，真不明白！我覺得媽媽這次的話十分具有說服力，士多啤梨與士多啤梨味道的食物簡直不能相提並論。

大家忽然沒有士多啤梨作為甜點，似乎有點不知所措。有的同學帶回來蘋果，有的則以車厘子或荔枝作替代，但都覺得不是味兒，甚至影響了上課的心情。這使我們平日分成許多黨派的一班忽然有了共同關注的事情。我首次覺得，原來我跟他們也有共通的地方。

老師們對我看見動物的事情還在調查中，那一次那位負責問話的男老師原來叫做李老師，在高年班教一個叫做心理學的科目，兼任學校輔導組的組長。在那次企鵝事件之後，李老師再給我進行了三次輔導，但我覺得李老師似乎是不太喜歡聽真相的人，所以還是保持沉默比較適當。李老師喜歡以一些我聽不懂的名詞向施老師解釋我的情況，而施老師總是帶着困惑的樣子傾聽。輔導後施老師總問我累不累，而我總是搖頭。

在第三次輔導之後，我別過了施老師，走到一樓的洗手間。為了得到早一點的釋放，我向李老師胡扯了一些事情，説我曾經在禮堂內看見許多蝙蝠在飛來飛去。李老師對我終於披露一點祕密而頗為滿意，認為輔導工作已經取得了一定的成績，便結束了這一天的談話。

在洗手間中我如常的選擇了左邊開始第二個小便槽，因為這個顯然新近經過修整，沒有那些教人噁心的痕迹和淤塞的毛病。學校男洗手間的窗子老是毫不忸怩地完全打開，雖然窗外是學校後面人迹罕至的小山，但開放的狀態總教人儘量縮短如廁的時間。

匆匆舒解之後，我在那終日細水長流的盥洗盤洗了手，這個水龍頭一直也沒有人修理，不知浪費了多少食水。當我的目光經過鏡子的時候，我瞥見裏面有一小點鮮艷的紅色。我回頭向洗手間的牆角搜尋，發現在水管旁邊有一些小球狀的物體，走近一看，才知道是三顆士多啤梨。我伸手把它們摘下來細心端詳，是千真萬確的士多啤梨。試着把其中一顆放到口裏一咬，完全是如假包換的士多啤梨沒錯，味道甚至比市面上賣的還要鮮甜。我把另外兩顆放進書包，打算拿回去給爸爸媽媽吃，希望他們因為缺乏士多啤梨而欠佳的心情會改善過來。

怎料來到校門才發現外面已經下起雨來，我沒有帶傘子，學校附近又是荒地一片，冒雨回家也不是辦法。這時候我聽見柳小青的聲音，她正在一輛車子的窗前跟我招手。

張小冬，下雨了，媽媽說可以送你回家！她喊說。

我遲疑了一下，便低頭向那車子跑去。

我和柳小青坐在後排，一直看不清楚她媽媽的面貌，只知道她的耳環像一串風鈴般搖擺，還有她在倒後鏡中的雙眼塗上了演舞台劇似的濃艷化妝。汽車內吹着刺骨的冷氣，雨水在玻璃窗上無聲的流下，窗外的景物彷彿都溶化成一片。柳小青坐在一旁回答她媽媽關於當天上課情形的問題，我則靜靜觀察雨點的流動規律。

張小冬同學，聽説你在學校裏有很多奇遇，是嗎？柳小青的媽媽忽然把話題轉向我，我看見她在倒後鏡上望着我。

我一時不知該如何回答，結結巴巴説不出話來。柳小青媽媽發出一串風鈴般的笑聲，説：真是個想像力豐富的孩子！説罷，她又跟柳小青談起別的事情，我這才鬆了一口氣。

在下車的時候，我把書包中的兩顆士多啤梨送給柳小青和她媽媽。她們看見久別了的士多啤梨，驚喜萬分。

雨彷彿要永遠下個不停似的。士多啤梨是充滿陽光的水果，跟下雨天的氣氛格格不入，同學們也墮進雨天的抑鬱裏，歡笑聲完全給聒噪的雨點淹沒。但士多啤梨是不會被淹沒的。那天在英語課的時候，我問准了施老師到洗手間去。雨點斜斜落到走廊上，我臉上有零星的水花。踏進洗手間的當兒，我幾乎高呼起來。

眼前的洗水間整個的鮮紅一片，牆壁上長滿了纍纍的士多啤梨，差不多要像小燈泡那樣閃閃發亮。我深呼吸了一下，完全沒有雨天的腥味和平日那種惡臭，空氣中充溢着芳甜的氣息。我急不及待的摘了一大把士多啤梨抱在懷裏，準備回去告訴大家。

黑炭從走廊另一端走過來，我也沒空理會他驚愕的神情，把士多啤梨統統塞在他懷裏，他一時應接不暇，一些士多啤梨像小皮球一樣滾到地上去。

整個洗手間也是士多啤梨啊！我興奮地嚷着，回身便向洗手間跑去。

在樓梯拐彎處，冷不防跟李老師碰個滿懷。他氣沖沖的說要把我逮到校長那裏去。李老師在校內似乎有極大的權威，他沒等祕書通傳便逕自拉着我走進校長室。只見坐在大桌子後面的校長連忙把正在吃的食物藏進抽屜，但他的鬍子還殘留着蘋果的皮屑。

李老師，是什麼事情啊？校長溫和地發問。

校長，這個張小冬同學經常在校內製造謠言，聲稱看見各種古怪的東西，剛才又給我發現在上課時間四處亂跑！

張小冬同學，有這樣的事情嗎？

我從褲袋中掏出兩顆士多啤梨，交給校長，說：我到洗手間摘士多啤梨。

校長拿過士多啤梨，把一顆放進口中咀嚼，發出很滋味的聲音，語音含糊地說：的確是士多啤梨啊！可以帶我們去看看嗎？

來到洗手間的時候，它又回復到老樣子，一顆士多啤梨也沒有。校長依然很仔細地四處搜索，但卻一無所獲。

校長！你看看！張小冬根本就是在撒謊！李老師滿有威嚴地說。

我沒說謊啊！不信可以問問黑炭，剛才我把很多士多啤梨交給他！他也看見啊！

好，我們到你班上看看。校長氣定神閒地說。

走到長長的走廊末端，課室內傳出歡笑聲。校長推門進去，每個同學的桌子上也堆滿了士多啤梨，施老師滿嘴也是士多啤梨的汁液。所有同學也露出士多啤梨般的笑容。

校長，你看！是士多啤梨啊！已經許久沒有找到士多啤梨了！施老師興高采烈地說。

校長把一顆士多啤梨遞給李老師。李老師望着手中飽滿的士多啤梨，露出尷尬而迷惘的微笑。

美術室的摺紙

有些事情，的確在我的記憶裏發生了。當我以故事的方式把它們說出來，它們便被賦予了確切的存在。中一這一年的經歷，說起來是那麼的不可思議，但在我們少年時代的記憶中，怎麼可能缺少一些不可思議的部分？成長的記憶，就像昨夜的夢，影像是那麼的清晰，仿如親身的體驗，感覺是那麼的新鮮，好像只是轉眼間的光陰，但其實真實與虛構、過去與現在，已經糾纏不清了。

我還記得在那個夏天剛剛開始的時候，爸爸媽媽一起到學校跟李老師和施老師見面。他們躲在教員室內談了大半天，我在籃球場上百無聊賴地閒逛，看黑炭獨個兒在投籃。

一起玩吧！黑炭說，把籃球擲給我。

我接過球，試着投了一下，連球籃和球板也沒碰上，完全落空。我跟黑炭相視半晌，然後也忍不住笑了出來。爸爸媽媽從教員室下來的時候，我的校服已經汗濕透了。

在週末爸爸帶我去看一個很特別的醫生。我又沒有肚子痛或者患了傷風感冒之類，醫生也沒有給我探熱或者聽胸肺呼吸，他只是不停的問我問題。老實說，醫生是個挺不錯的人，他是我所見過最和藹可親的醫生。在問我問題之前，他先告訴我很多他自己的事情，例如他從前念中學的時候也在學校裏碰見過梅花鹿和海獅。他把遇見梅花鹿和海獅的過程描述得很細緻，簡直像一個優美動人的故事。我正急於知道結局的時候，醫生說：後來我轉到另一間中學就讀，便沒有再見過任何動物了。我覺得十分可惜，於是也告訴他我自己遇見各種動植物的故事。說完故事，醫生說今天實在談得很高興，然後便叫我到外面等候，他有話跟我爸爸單獨談談。對於這個醫生，我一直覺得莫名其妙。

在大考之前最後一課美術課，蕭老師教我們摺紙。她派給我們不同的手工紙和摺紙圖稿，指導我們摺出各種花朵、鳥兒、昆蟲和野獸。我摺的是牽牛花，柳小青摺的是袋鼠，而黑炭摺的是熊貓。我們每人也摺了好幾份，把一份放在美術室的長桌上展示，其他的可以各自拿回家。從美術室出來，同學們也互相交換摺紙。我把牽牛花分別送給柳小青和黑炭。

這一年的大考，我很努力地溫習，而且盡力在試卷上答正確的答案。我開始希望成績表上不要那麼多紅色。

我考到了全班第五。這是我念書以來最好的成績。柳小青考第一，黑炭第三十二。

派成績表那天，爸爸跟我一起回到學校去。我們大清早出門，一路上頂着頭上毒熱的太陽，跟第一次上學那天竟似是一模一樣，分別只是，我沒有再讓爸爸拉着我的手，而且我穿着跟路上其他同學相同的校服。在路上爸爸什麼也沒有說，只是瞇着眼睛走路。

拿了成績表後，爸爸還在校長室跟校長談話，我便逕自在校園內遊逛。有些同學已經回家了，有些則在打籃球或者四處留連。我走着走着，來到美術室所在的建築物，想起考試前做的摺紙，便想看看它們還在不在。

爬上那條木樓梯，來到二樓的美術室，門口敞開着，裏面陰暗一片。我小心翼翼地走進去，裏面彷佛有東西在屏息靜候的感覺。樓上的音樂室響起鋼琴的聲音，是那首熟悉的曲子。是柳小青嗎？還是我的錯覺？我在漆黑中聽着自己的呼吸，腦海中浮現了柳小青彈琴時抖動的細小身軀。

隨着每一個琴音的跳動，我彷佛也能夠看見她肩膊起伏的姿態。

美術室的簾子全拉上了，這才造成室內的黑暗。我摸索着拉開窗簾的繩子，使勁一拉，早晨的陽光便瀉滿了整個房間。

數以百計的摺紙在半空中緩緩旋轉，像白天裏的星星，閃映着太陽的光芒。當中有仙鶴、海鷗、麻鷹、白兔、小鹿、小馬、小牛、小羊、老虎、獅子、大象、鱷魚、鯨魚、海狗、海豚、海星等等許多許多動物，還有百合、牽牛、玫瑰、鬱金香等各種花卉。一個漸漸失去的世界在摺紙裏重生，許多性靈在心意美善的製作裏附託存在。我仰望半空，就像在觀看奇麗的景色。

柳小青就站在美術室的門口，她背後有眩目的陽光。

妳相信我的説話嗎？我問她。

我一直也相信你。

我們看着自己一手創造的世界在頭頂旋轉。

回到校長室門外，爸爸和校長剛從裏面出來。校長上來搭着我的肩膊，説：張小冬是個好孩子，這一年在學校的表現也很好，不過既然你已作了決定，我當然是希望他有更好的發展。校長像變魔術一樣的從背後變出一個蘋果，塞在我手中。

這是校長給你的獎勵和紀念品。校長以年輕的聲音説。

爸爸跟校長握了手，我們便告別了。在走到校門的途中，籃球場上的黑炭拋下了籃球，呆呆的目送我們離去。在校門外面，我看見柳小青坐的汽車。汽車剛剛啟動，沿着路旁慢慢前駛。我和爸爸並排走在汽車旁邊。隔着玻璃窗，柳小青瞪着圓溜溜的眼睛望我。我跟她微笑。我還記得她的説話，我相信她曾經説過那句説話。

汽車開始加速，我落後得愈來愈遠。柳小青在汽車後窗中的臉容愈來愈小。玻璃窗上反射的陽光扎進我的眼裏，一直刺進很深的地方，留下了永不縫合的缺口。

第二個學年，我轉到市區一間頗具名氣的中學就讀。在那裏，我再沒看見什麼奇怪的動植物了。我的成績大有進步，而且參加了不少課外活動，結交了不少朋友，中六那年還當選了學生會會長。但我覺得有一點什麼已經永遠失去了。在我周圍簇擁着很多向我鼓掌的人的時候，我總想起校長室的螞蟻、那樓梯間的小老虎、音樂室的老鼠們、地理室的候鳥、圖書館裏的森林、實驗室的樹蛙、籃球架上的小灰熊、教員室中的企鵝、洗手間的士多啤梨和美術室的摺紙，想起滿臉鬍子聲音年輕的校長、施老師、黑炭和柳小青。我會覺得自己就像曾經遇上的動物，處身於一個錯誤的時空，並且感到無邊的孤獨。

我順利念完大學，以一級榮譽畢業，爸爸媽媽也滿心歡喜，然後我向他們宣佈：我要做一個作家。他們立刻回復了我中一那年的憂慮面容，無言相望。

好幾年，我寫着一些連我自己也不知道有什麼價值的作品，靠做兼職維持生活。我在想像中創造自己的世界，毋須為了遷就別人的世界而煩惱。在文字裏我扮演了這個世界中的不同角色：自己、媽媽、爸爸、校長、黑炭、柳小青。自足，而且快樂。

直至有一天，我到一間中學去做一份特約採訪的差事，報道在那裏舉行的一個聯校活動。在工作完成後，我無意中經過學校的音樂室，聽見裏面傳出一首彷似曾經十分熟悉的曲子。我從音樂室的門口望進去，看見一個身軀纖小的女子的背影。她坐在鋼琴前面，身上輕飄飄的衣裙隨着琴音抖動。她大概是這間學校的音樂老師吧。

多年來，我一直期待有一天能夠知道柳小青成為演奏家的消息。但這一刻我卻忽然打消了這種盼望。我匆匆離開音樂室，讓琴音在記憶中湮沒。也許這個女子就是柳小青，也許柳小青是街上擦肩而過的任何一個女子，也許柳小青不是誰，誰也不是柳小青。她只不過是我心中的一個缺口，從這缺口湧出了那個校園的記憶，以及尊重和確認那記憶的願望。

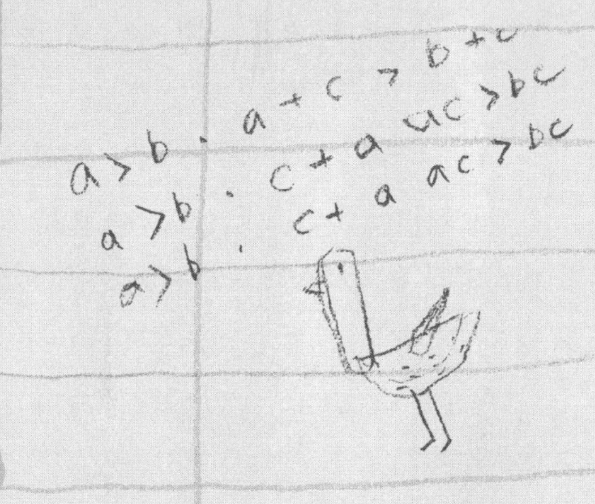

家課冊

B
C
A
F
B

序——遊戲家課

一切也從遊戲開始。

追本溯源，文學，也許是從遊戲中產生的。至少這是其中一種可能性。《詩經》中除了雅、頌比較嚴肅，風裏面的詩篇相信不少源自遊戲。一邊吟詠，一邊手舞足蹈，不是遊戲是什麼？

提到《詩經》不是很悶人嗎？只會令人想起會考課程，語文精讀。連「文學」也開始成為一個厭惡性詞語，念起來不得不打呵欠，或者語帶譏諷。

好的，讓我暫時轉換一下角度。

自從出了兩本以年輕人為主要對象的小書《紀念冊》和《小冬校園》，有年輕朋友便問我：什麼時候寫一個愛情小説？我只得支吾以對。我只是想，在我們的小説市場上面，還需要多一個自稱能夠寫一點小説的人，投入已經異常擠擁的愛情軟件生產線嗎？市面上像翻版光碟一樣的愛情觀念，不是已經大量地廉價出售，並且複製到無數經過了程式化的心靈硬件上嗎？在這波瀾壯闊的愛情潮流中，我又能作出什麼貢獻？於是，我悄悄地遠離了愛情。

自從出了兩本以年輕人為主要對象的小書，有另一位不那麼年輕的朋友又問我：你是不是要為自己建立校園作家的地位？我聽後不寒而慄，開始反省自己為什麼會給人這樣的印象。另一次，一位記者朋友又問我：你是不是想成為青年導師？我連忙否認，彷彿「青年導師」一詞比「黑社會頭子」還恐怖。於是，我又悄悄離開校園。

《家課冊》將會是我所寫的同類型小說中最後一本了，至少在可預見的將來如是。

《家課冊》純粹是一個遊戲，既沒有什麼訓導的意圖，也不旨在營造感人的片段；既不理性，也不感性。因為它的重點在於嘗試以不同科目的語言說故事，所以語言才是主角，人物心理和故事發展的現實性並不是首要的考慮。寫作的過程往往是先選定科目中有趣的元素，然後才嘗試組合成一個比較完整的故事。可以直截了當地說，這是不折不扣的為文造情。

但為什麼不能遊戲文章？為什麼不能為文造情？

為考試而念書的確是苦事，試想想，有一天如果打電子遊戲機成了會考科目，相信沒有多少人還會有興趣玩下去。念書本身其實可以是有趣的，至少當你把書本的知識刻意誤讀，胡思亂想一番，它會向你開啟一個無限的想像空間。在寫這本書的期間，我便重讀了不少中學課本，發現當中的內容竟然比當年念書的時候有趣得多。

我從前是念文科的，為了寫這本書，我又自行閱讀了一些理科課本，並且驚訝地發現當中幾乎每一種學説、每一個現象也可以用來寫出精彩的小説。一路寫下去，我又發覺有關理科的篇章最好玩和最容易掌握，因為理科裏面充滿着非常適用的隱喻。寫得最吃力和最不滿意的，反而是歷史和中文科，可能是由於這些科目本身已經關乎人事，再用來寫故事，距離不夠大，只是直接的類比而不是含義豐富的隱喻，效果也就較粗淺。

在《紀念冊》裏面我曾經否定過隱喻，我希望讀者把當中的物件視作物件看待，而不是寓言。但這一次卻是擺明車馬的用隱喻（或明喻）寫故事。科目的語言，本身就是一個龐大的隱喻網絡。這本書並不是活動教學法的示範，而不過是一個挑戰難度的語言遊戲。當中如果有不少章節看似以愛情為主題，也不是表示我有意魚目混珠，潛入愛情小説生產大隊，而是因為物理、化學、生物、地理、數學這些科目，實在有太多內容跟這種名為「愛情」的人際關係形態不謀而合。説得玄一點，也許天、地、人原是一體，萬物的道也是同一的。

但這個遊戲終於還是玩完了，過程中有玩得過癮的，也有玩得艱難的（真是俗語所說：「玩死自己！」）。十篇下來，既是筋疲力盡、鬆一口氣，但也心情舒暢、津津有味。書中每篇的科目內容也是取自會考課本，所以，對於低年級的同學，或者上課打瞌睡、平日又疏於溫習的會考生，或者是早已把知識「回饋」老師的過來人，這個遊戲可能會玩得過於深奧艱澀一點。但我是個不太負責任的文字享樂主義者，希望我沒有刻意照顧和遷就的讀者們不會過於責難。而如果大家還能夠在這些不很正經的文字中讀出一點點膚淺的啟示，或受到那縱使是微不足道的一刻的感動，那將完全歸於大家作為優秀的讀者的功勞。

談到遷就和優秀的讀者，我也希望在這裏感謝「突破出版社」的兩位編輯。先是負責《紀念冊》的陸志文，然後是負責《小冬校園》和《家課冊》的梁柏堅。他們都是十分縱容我的編輯，讓我罔顧目標讀者的年齡，肆無忌憚地隨意揮灑，自我滿足。要不是得到他們的容忍，我也不會在一年內出了這三本不太正常的小書。當然，一直以來最容忍我的，還有《星島日報》〈陽光校園〉的關夢南先生，因為書中的篇章，多半是先在〈陽光校園〉上面連載的。

很少在作品以外多嘴多舌，我也不相信作者有解讀自己的作品的最終權威，但既然已經說了那麼多，那就聒噪到底吧！

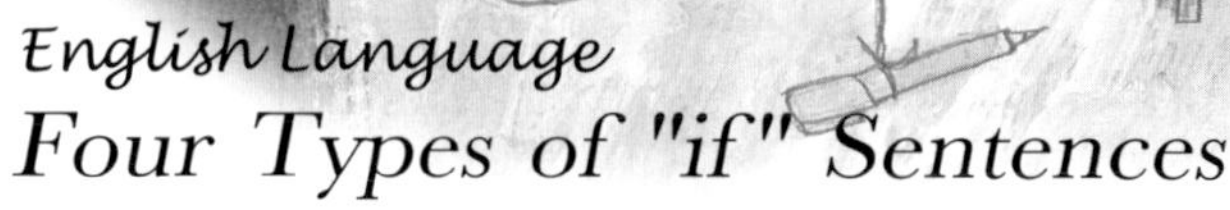

English Language

Four Types of "if" Sentences

TYPE 0：If water is heated to 100℃ , it boils.

如果把水煮至攝氏一百度，它便沸騰了。

如果不是在中四的時候來了一位新的英語老師，又如果這位英語老師不是在女子學校中屬於稀有品種的男性，也許若英永遠也不會如此切身而具體地領會到英語中一些頗為微妙的地方。為着這絲絲點點的微妙體會，若英付上了頗為沉重的感情代價。但這些對一個思想和感情方面也處於蒙昧期的少女來說堪稱刻骨銘心的教訓，在我們幾臻完善的教育制度底下，卻只能算是微不足道的副產品，或是純屬偶然的缺陷美，而萬萬不能視作一個合法並且有效的教育手段。畢竟，這不過是一場毫無新意的女學生對男老師的暗戀；但若英竟然能從中學到幾項英語文法知識，這或多或少說明了課堂上硬繃繃的所謂活動教學法還欠缺了一點點血肉和激情。

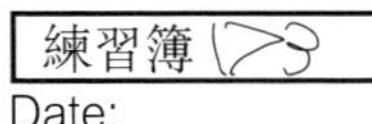

對於一所女子學校，尤其是一所以禁制物慾為辦學宗旨之一的教會女子學校，在聘請男老師的時候，往往會對其樣貌抱有較之其學識更嚴苛的要求。這使男老師們在外觀的水平上普遍地局限於五官齊全罷了。不過，外貌這東西向來也是一種頗為主觀的願望投射，所以當高老師在中四丙班上以嘹亮婉轉的英語字正腔圓地道出第一句 "Good morning, girls" 的時候，若英的心早已被那咒語般的吟念所懾箍住了。若英大概並不懂得怎樣才是字正腔圓，但正因為不懂，方見其帶點神祕的權威性。

令若英的同學們驚訝、乃至於憤怒、而最終歸於惶惑的，是高老師在課堂上推行的全盤英語化。對這羣習慣了依賴老師的中文解釋的學生來説，這無疑是一記突如其來的打擊。有人甚至因而推想，高老師是個不懂説廣東話的「半唐番」。(當然她們用的是更鄙俗的説法。) 高老師大模大樣地、江河滾滾地操控着一個他的對象們所無能掌握的語言，多少造成了一種聲勢，致使被視為同級中成績和操行也至為差劣的中四丙，也在英語課上稍稍地收斂了她們的暴躁和猖狂，紛紛露出迷惘或是惺忪的眼神。在高老師宣佈訂立在課堂上溜嘴説一句廣東話罰一塊錢的制度後，英語課更加是鴉雀無聲，差一點就可以媲美中文課本上的爛語「萬籟俱寂」了。

可是若英並沒有感到壓抑。相反，壓力給她一種帶點驚悸的快樂，當中甚至還涉及一點點對於英語的領悟。就像當高老師跟她們溫習定冠詞（definite article）"the" 和不定冠詞（indefinite article）"a" 的時候，若英竟然毫無困難地弄通了二者的分野。He is a man. 他是一個男人。He is the man. 他是那個男人。特定的、惟一的、沒錯的，是他。而若英也不要作為 "a girl"，眾多女孩子之中的一個。她要成為 "the girl"。她彷彿看見高老師把溫柔的舌尖夾在那兩行潔白的牙齒間，發出那誇張的、激動的、咻咻的 th...th...the。

TYPE 1：If it rains tomorrow, the picnic will be cancelled.

如果明天下雨，便會取消旅行。

我們可以説，這時候若英的世界是單純的，當中的因果關係是直接而且必然的，見不得曲折和阻滯的；一切就像冰融化了便會變成水，水煮開了便會沸一樣，是現在時式的、永遠地對的、毋庸置疑的。但一個永遠對的、必定兑現的世界畢竟有點單調，所以，我們也可説，若英的世界同時是充滿着可能性的。比如説：如果我多發問，高老師便會對我產生好感。這個條件句只有用英語作出才能窺見其特殊意義：If I ask more questions, Mr. Ko will have a good impression of me. 它告訴我們什麼？它的潛台詞是：這是可能的、有機會的（possible and probable）；它寄望的時空是：將來。

可惜的是，語法世界所依循的規律，以及此規律所保證的合理結果，放回現實世界裏去便不得不常常亂了套。正如我們經常粗心大意地、教而不善地造出不合語法的句子，我們在人生裏面也不時做出乖離情理的事情。這種生命中的壞句，面對着老師的嚴峻目光，得來的往往是勁度十足、力透紙背的紅色大交叉。

然而若英並未被交叉所擊退。退回來的百孔千瘡的英文作文的確曾經稍稍傷害了她的自尊，但她迅即把握着這個機會向高老師求教。令她有一點點兒失神的是高老師在課餘依然繼續以英語來向她解釋她的作文的錯處，而她連自己聽懂了多少也不知道。她不敢怒、不敢怨、更不敢問，只敢暗暗回味高老師語義不詳但音容幽雅的一席談話。她知道他總是對的。

高老師的英語是一個謎。一個英文老師能夠把自己的英語説成謎一樣，在某方面來説也不能不算是一種成就。學生們也在交頭接耳：他是在外國長大的嗎？他在家裏是説英語的嗎？他懂不懂我們在説什麼？他是裝的嗎？作為老師，而且作為只説英語的中國人老師，高老師跟若英生存在兩個完全不同的世界。英語是這兩個世界之間的障礙，但也同時是它們之間的橋樑。越過障礙，搭起橋樑——若英認為這是可能的。她以常見的錯誤英語自勉説：I can be able to do it !

那一天，高老師在課上講解及物動詞（transitive verb）和不及物動詞（intransitive verb）的分別。他舉出及物動詞 "love" 作為例子的時候，若英心頭襲來了一陣劇烈的激盪。及物動詞除了有主詞（subject）之外，還得有一受詞（object），即動詞所指的行動的承受者。是以 "love" 一動詞須由一人主動作出，由另一人承受：I love you. 高老師叫同學們各自回家想出十個不及物動詞，即無需受詞而自足的動詞。若英倚在牀上苦苦思索，寫下了：I work, I wait, I dream, I cry, I die. 我們要知道，若英是家中的獨女，晚上縱使被大大小小的毛公仔簇擁着仍難免感到孤單，尤其是在那疲弱伶仃的 " I " 字之後不過是短促而戛然而止的單字。

不過若英懂得假想和寄望未來，譬如學校秋天的旅行。高老師那一天不會依然説英語吧！他會穿上旅行的便服，露出年輕男子應有的勃發英姿，放下課堂上的教誨口吻，走下高高在上的講台，與若英像朋友一樣的平等相視。她甚至想像能跟他一起燒

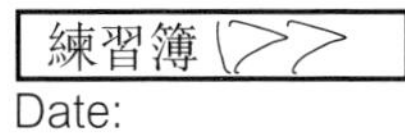

烤，閒談着各自日常生活中最親切的話題。

旅行那天恰巧下雨，極之罕有的一場秋雨。

TYPE 2：If I were rich, I would buy a big house.

如果我富有，我便會買一座大房子。

有時候的確是不容易解釋為什麼會產生學生暗戀老師這種事情的。可能是老師本身別具魅力，也可能是學生方面特別渴求被愛、被關注、被照顧的感覺。但更多的時候可能跟老師內在的吸引力無關。這種吸引力可能只不過是因為課堂上高低授受不同的關係所造成的一種假想性傾倒。讓我們更直截了當一點的説，高老師的吸引力來自他的英語。

雖然我們不能把若英對高老師的英語的崇拜無限引申至長久以來殖民地子民的劣根性，但它顯然説明了高老師的權力所在。在一所以英語教學為傳統的教會學校裏，作為校長的外籍修女既以英語為訓導、教誨、褒揚和責斥的惟一合法而有力的語言，同學間也以英語水平的高下來界定成績及地位的品次。例如成績優異的高材生，日常會話中也因為浸淫日久而夾雜着許多 "well", "actually", "I mean", "as a matter of fact", "so to speak" 之類缺乏涵義的外語詞藻，以顯示她們對高尚語言以及幽雅教養的欲罷不能。至於英語能力評核居末的中四丙班，同學們慣常使用的廣東話詞彙粗鄙惡俗兼而有之，不能盡錄。

若英的發憤向上很快便遇到了障礙。她總是克服不了對英語會話的恐懼，這使她無論在文法認識上是否稍微進步了一點，一切最終仍屬紙上談兵。就算是念得爛熟的句子，一張開口便舌頭打結，主詞、動詞、受詞、形容詞全亂了位置，誤了數量，混了時式。可恨的是後來學校又發明了個什麼 English Speaking Day，全校當天不論課內外一律以英語溝通。大家也只是陽奉陰違，在老師監察的範圍內虛應故事一番，只有若英認真地、戰戰兢兢地在教員室外面的走廊守候，在失敗中再接再厲地企圖與高老師交換隻言片語。聽説這個每週一次的英語日也頗令一些英語水平欠佳的理科老師怨聲載道。他們投訴説英語科老師的權力過大，又説這措施使他們在教學上的傳意和講解大打折扣，雖然他們的教科書是用英語編寫的，而他們的學位也是念這些教科書念出來的。

當若英在班際辯論隊的選拔中落選，她首次嘗到了失望的苦澀。她開始明白到，這個世界的可能性是極為有限的，而種種假想多半是一廂情願。看着同學們小梅、詠詩、雯雯她們在課後跟高老師練習英語辯論，若英酸澀的內心竟然孕育出一個殊不易作的句子：If I were choose, I would with him now. 當然句中的 "choose" 應作被動語態 "chosen"，而 "would" 之後應加 "be"（否則欠缺動詞），不過這些錯處無損於若英對此種假定句的精神的掌握。時式是過去的，時間卻指現在，這暗示了一個不可能的現在，一個矛盾的現在，一個空想的、與實情相反的現在，一個充滿惋惜和無力感的現在。

TYPE 3：If I had worked hard, I would not have failed in the examination.

如果我努力溫習，我便不會考試不及格了。

對於本班英語辯論隊慘敗於甲班高材生的手裏，沒有人感到半點的意外；若英甚至不得不感到了一絲絲涼意。她設想假若她能夠在隊中，雖未至於能反敗為勝，但至少也不至於輸得那麼難看吧！可惜事情已成定局，往後作的假想也只是事後孔明。

第二天當高老師講到第四種關於過去的不能逆轉的事情的條件句時，若英立刻便把這種句子跟她的現實生活關聯上了。她不知道英國人是不是一個特別善於追悔和嫻於遺憾的民族，致使他們的語言能夠發展出如此適宜於盛載深沉的浩歎之情的句式。我們可以想像，在若英心目中波濤起伏的，大概是這樣一類的句子：If I had been born a few years earlier, I would have become his lover！或者是微觀一點的：If I had left school later yesterday, I would have met him on the road. 若英雖然多半不能作出文法上如此正確的句子，但她明顯地體會到當中那汲汲的、不甘的、不忿的、惱恨的，但卻又是無奈的、自怨自艾的複雜情緒。

與第三種關於現在的處境的條件句相比，第四種蘊含着更剮心的痛楚，因為事情「曾經」是可能的，只不過因為某些原因而「錯失」了。時間的距離造就了推翻過去的妄想，但妄想終究還是無力地於精心設計的句式中化為一聲唏噓。如果一切不可能也是從來就如此的，我們的世界將會單純一點，我們所學習的英語也會少一點曲折精彩，我們在英語課上愁眉苦臉的同學們也會少一點頭痛。

高老師大概不會知道他不自覺地進行着的「愛的教育」的魔力，竟然使若英明白到英語文法中最難掌握的條件句式的用法和含義。但這並未為若英帶來對現實生活更堅實的掌握。作為芸芸同學中之一個，作為講課授受關係中接收的一方，若英永遠也沒法突破被動的處境。她想起了被動語態（passive voice）的例子：I am scolded, I am punished. 為什麼我不能反過來採取主動，在高老師淹蓋一切的強大聲音下面，讓自己微弱而真誠的聲音得以表白、流露？

若英決定下課後在學校附近的小路上等高老師，向他表明心迹。If I tell him the truth, he will......

高老師跟另外一位男老師在一起，看見若英一個人站在那裏，便獨自走過來，用英語問她是什麼事情。若英說："I am boring ! " 高老師曖昧地一笑："You mean you are bored ? What bothers you ? " 若英鼓足勇氣說："I am very like you !" 高老師瞪了瞪眼睛，然後又是一笑："You are like me ? In what aspects? " 若英一愣，不知道怎樣接下去。高老師機智地接着說："I know you are like me. I work very hard, and you work very hard, too ! You are making progress. Keep it up ! "

高老師一揚手，回身便向他的同事走去。若英呆在那裏，雖然並不全然聽懂他的意思，但也知道自己一定是犯了什麼可笑的錯誤。

高老師跟那位男老師的低語在微風中傳來：真係麻煩，啲細路女！

咒語，這就解開了。

Mathematics
戀愛零

無理數（irrational numbers）是：

1. 那些不能以兩個整數組成的分數所表示之實數；

2. 那些小數記號並不終止也不重複的實數。

一切也從零開始。

這是就戀愛這種不論是精神上還是行為上的表現而言。至於世界或者生命是不是從零開始，這不是純數學所能解答的問題。當然，這裏所指的戀愛，只局限於人類自青春期開始蠢蠢欲動、躍躍欲試的一種比動物求偶稍稍多一點想像力和虛幻成分的活動，這種戀愛並不包括佛洛伊德精神分析學派的萬應理論戀父情結或戀母情結。所以，我們可以放心響亮地說，素貞的戀情確實是由零開始。

讓我們立刻直接切入那個突破戀愛零的場景，亦即是一個聯校數學營。須知道這個聯校數學營跟許多名目各異的聯校天文營、寫作營、地理營、退修營之類醉翁之意不在酒的課外活動一樣，扮演着促進青少年男女間感情發展的角色。為了讓這些活動顯得不太名不副實，當中通常會加插並不佔用太多時間的嚴肅項目，例如，在這個聯校數學營中，便安排了一個數學問答比賽，由預先分成的紅、黃、藍三組競逐「數學天才」的榮譽。紅組派出來自同一間女校的素貞和嘉敏，以及來自一間男校的志和。就是在這場比賽中，素貞首次被志和神態自若的表現，以及敏捷準確的回答所震服，甚至因此而屢次算錯並不十分困難的數題。幸好志和力挽狂瀾，紅組才不至於落敗。

感情的萌芽，如果從零開始計算，最理想莫過於以自然數的進程，1，2，3，4……如此這般地循序增大。但感情——尤其是初戀的感情——往往更為複雜微妙，所以一般來説也會出現點數或分數的不規則、欠完整的參差情況。就像素貞對志和的愛慕，在晚上營火會的時候其實還處於 1/2 或 0.5 這種不上不下的狀態，既已突破 0 的界限，但又未曾到達 1 的肯定。在掩映的火光之中，志和漫不經意地投向素貞的每一個眼神，也足以讓素貞心中的感情數值以點數跳升，例如由 0.5 跳至 0.57 再跳至 0.625。而志和的任何稍微顯得冷淡的表情，也會造成舉足輕重的下挫，甚至到達 0.2 以下的程度。點數或分數的心情往往令人處於忐忑不安的狀態，因為它們暗示着世事常常細分成不完整的、難以掌握的微小碎塊。

但無論整數還是分數或點數，只要是屬於有理數，一切還未至於沒法理解。多長的點數，如 5.123456789，只要是有理數，便具有穩定的形態，可以在心中慢慢琢磨、計算。但十分不幸的是，初戀往往是不可理喻的，它表面上可能有着圓形的完美線條，但內裏卻像圓周率 π，是永遠沒有終止和無法確定的無理數：3.14159265358979323846 ……直至無限。

就在那個晚上，在營火會之後，志和與素貞並肩賞月，雙方的手肘輕輕地碰了一下。那近乎圓滿的月亮，令素貞完全喪失理性，迅速陷入圓周率的萬劫不復的深淵。

一件事件 E 的概率（probability）可理解為：

$$P_{(E)} = \frac{\text{事件 E 在結果中的數目}}{\text{實驗中結果的總數目}}$$

一個可能的事件的概率為：$0 \leqslant P_{(E)} \leqslant 1$

一個不可能的事件的概率為：$P_{(E)} = 0$

一個肯定的事件的概率為：$P_{(E)} = 1$

雖然在營火會當晚跟素貞和志和一起，坐在草地上閒聊直至天亮的，還有一大羣營友，但在素貞的記憶中，愛情已經像神奇清潔劑一樣，悄悄把那羣模糊的臉孔抹去。但令素貞懊惱的是，其實志和的臉孔也並不特別清晰。素貞發現，自己已經墮進充滿期盼和折磨的概率世界。

於是我們把目光迅速轉移到第二個場景——位於志和的男校和素貞的女校之間的補習社。數學營結束後，志和沒有主動跟素貞交換電話號碼，這曾經一度令素貞陷入沮喪之中。幸而志和說過他會每星期一次到那家補習社補習附加數學，這又重燃起素貞的希望。但基於情竇初開的女孩子的羞怯和矜持，素貞是絕對不能在補習社門口等志和的，她只能造成是剛剛路過，大家碰巧遇上。這亦有助於製造大家有緣相會的氣氛。可是這也令事情實現的概率大大降低，因為她不知道志和會在什麼時候出現，會否已經離開，還是未曾來到。

素貞首先打探出補習社附加數學班的時間，有四時和五時半兩班。素貞每天只可以選擇一個時間經過補習社，所以每一天她遇上志和的概率是 1/2；在一星期五天中，就每一個路過補習社的事件的事件（E）而言，遇上志和的概率是：1/2 x 1/5 =1/10。這只是就志和每次皆準時到達並從不缺課而言，缺席和遲到這些不穩定因素已經超出概率所能計算的範圍。素貞寧可相信，她只要循着這十個可能的事件作地氈式的守候，便可以再次遇上志和。況且，假定志和的行程是風雨不改的話，素貞每一次的失望也會為她帶來更大的希望，因為如果第一次嘗試的概率是 1/10，當嘗試失敗，第一個時間便可以被剔除，所以第二次嘗試的概率便是 1/9。如此類推，到了第九次嘗試，概率便是 1/2，而最後一次，概率更加是完全肯定的 1 ！所以，失望愈多，希望愈大！這就是推動素貞嚴格地實行此計劃的原動力。

　　這已經是素貞第五次嘗試，亦即是一個星期五的下午四時。她在離開學校之前已經婉轉地拒絕了同學嘉敏一起逛商場的邀請，獨自毅然地踏上這條跟回家方向相反的路途。在過往的四天，素貞已經嘗盡了這條道路的失落。這一天，素貞在路上思索着愛情的不易得：假使在這個住着六百萬人的城市中，只有一個真命天子，那麼找着他的概率豈不是六百萬分之一？如果當中有兩個人有這樣的條件的話，概率是三百萬分之一，就算數目增加到一百，概率依然是六萬分之一！雖然跟中六合彩比較，六萬分之一也不算是個太低的概率，但一想到自己有可能喜歡上一百個人，又覺得太不是味兒，彷彿愛情太廉價、太不矜貴了。再想，如果是六百萬分之一，還得考慮其他更複雜的因素，例如性別、年齡、居住區域、就讀學校、行走路線、家庭關係、活動範圍、心理狀態、身體特徵，以及對方對自己的觀感等，概率以乘法原理或乘法定律無限降低，直至近乎 0 的程度。而如果不把廣大的中華同胞甚或是各色人種排除在外，這個概率更可能會是數十億分之一……

就在設想中的情況最教人絕望的時候，那六百萬分之一的人出現了。

畢氏定理（Pythagoras' Theorem）：

在 $\triangle ABC$ 中，如 $\angle C = 90^{\circ}$，則 $AB^2 = AC^2 + BC^2$

就在那一個下午，當志和決定曠課，跟素貞到補習社附近一家小餐廳吃一杯雪糕紅豆冰，素貞便感到自己正式突破了戀愛零。這再不是一個虛構的幻夢，一個可能或不可能的概率，而是一條由一點連結到另一點的直線。她和志和交換了電話號碼，並且開始在週末約會。起先，他們還需要一些自欺欺人的藉口，例如一起到圖書館借書之類，到後來卻乾脆專心逛街看電影了。從戀愛零到戀愛 π 到戀愛 99.9，其轉變之突然令素貞也覺得措手不及。但作為旁觀者的我們，對一雙初戀情人的卿卿我我並沒有太大的興趣，甚至會感到有點膩煩，所以我們不妨立刻跳接到更能令我們的精神為之一振的場景。

事情發生在一家快餐店之中。志和剛打完電話，回來把電話簿放下，又到洗手間去了。素貞可以發誓，她並不是存心偷看志和的電話簿的，她只是隨意翻翻電話簿以打發時間。但我們可以肯定，在這種漫不經意的行為中，必然會揭發出驚人的祕密。在密密麻麻的名字和電話號碼當中，素貞竟然發現同學嘉敏的名字，按照排列的先後次序，應該是不太久之前加上去的，很可能就是數學營的時候。剛才志和不是打電話給嘉敏吧？她想。難道他一直瞞着我跟嘉敏保持聯絡？

當關係由點和線擴展到平面，它的可能性和歧異性便會無限增大。素貞和志和不再是單純的由一點到另一點的直線，在志和那一點的座標上，隨時可以跟平面空間上的任何另一點連成關係，構成形狀各異的三角。也許這個三角已經形成，素貞所能做的不過是根據資料計算出這個三角形的邊長和內角的度數。志和說過把補習改為星期四晚，於是，一個星期四晚上，素貞躲在補習社對面，目睹志和與嘉敏於下課後一同走出來的情形。

在震驚之餘，素貞理解到這是一個畢氏定理三角關係，她和嘉敏雙方的敵對程度，相等於兩人跟志和的關係的總和。她試着

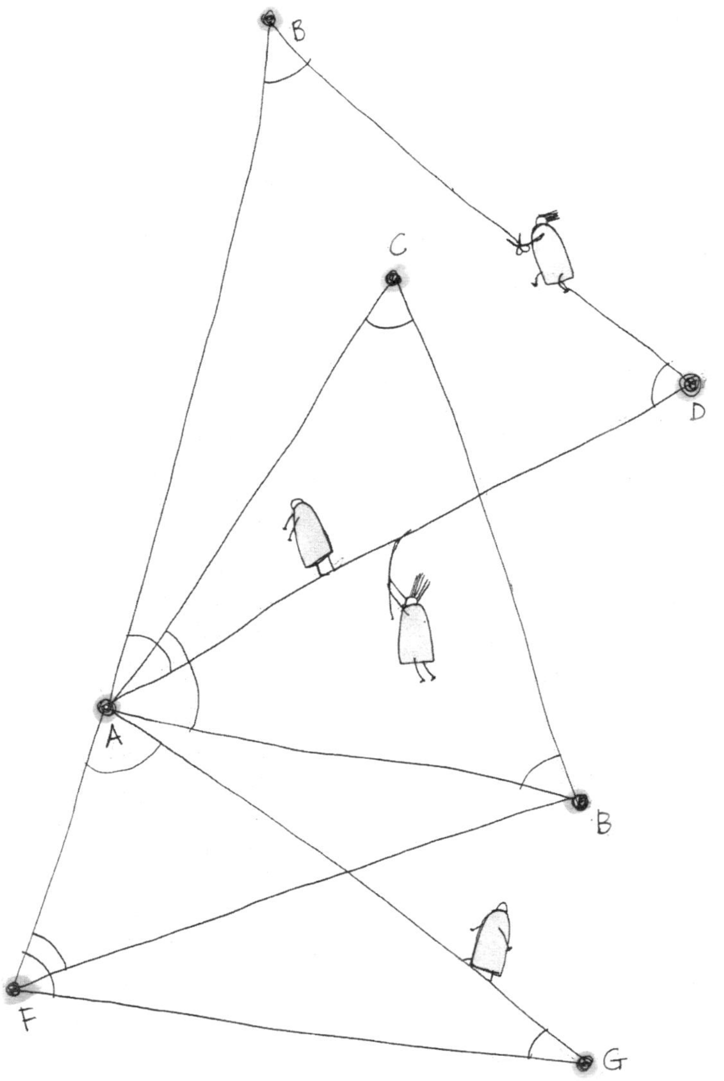
B
C
D
A
B
F
G

安慰自己：暫時也未知鹿死誰手。

線性不等式（linear inequality）：

加法性質　如 a > b，則 a + c > b + c

乘法性質　如 a > b 而 c > o，則 ac > bc

如 a > b 而 c < o，則 ac < bc

素貞決定要更清晰地掌握形勢，以增強自己的勝算。大家可能會認為，一個初次戀愛的女孩子，在面對這種打擊的時候不會如此冷靜，但我們也可以解釋説，這是拜素貞訓練有素的數學頭腦所賜。數學所要求的是敏捷的反應、精確的計算和有條不紊的思維。

當然，她的發現令她愈來愈難於保持這種冷靜。首先，是她發現志和竟然陪嘉敏外出直至晚上十時，而他跟自己一起的時候，每到晚飯之前便各自回家。在親自送嘉敏回家之外，志和還熟練地在嘉敏臉上輕吻了一下。這使躲在暗處的素貞差點驚叫起來。她聯想到志和已經把這個動作在無數其他女孩身上實習過，以致他差不多是帶着吃甜點般的輕鬆神情來進行此事。

素貞感到受到極大的不公平的對待。志和還未曾送過她回家，更莫說是吻她了。素貞一直以來完美無瑕的同心圓想像，在片刻間傾斜為偏心圓。她猜想，嘉敏和志和早在數學營之後便已經保持聯絡，在時間因素上可能比她佔優，但她並不是沒有機會扭轉形勢的。現在她比志和更看重這段感情，就像 $a > b$ 的不等式，只要雙方皆乘以小於 0 的負數 c，便可以逆反成 $ac < bc$ 的結果。所以，要顛倒現時的不對等關係，必須引入一個負面因素，例如對志和不加理睬，以顯示自己不是可以唾手可得，隨手拈來的。她以頗為決絕的態度拒絕了志和的一次約會。她以為，欲迎還拒的表現會挑起更大的欲望，令對方心如懸旌，飄搖不安。

可惜的是，我們的素貞這次打錯如意算盤了。對她來說的負面因素 c，對志和來說卻是求之不得。於是，$a > b$，而 $c > 0$，結果依然是 $ac > bc$。志和對素貞漸漸冷淡了，最後甚至停止約會。箇中的原因，作為旁觀者的我們只能瞎猜。也許是志和存心玩弄素貞，也許是志和由搖擺不定終至作出抉擇，也許由始至終也是素貞自己一廂情願的幻想，志和從來只當她是普通朋友。感情的曖昧多變，甚至是當事人也常常弄不清楚究竟。

然而，最明顯不過的是，素貞雖然未必不能從這次的創傷中復元，但她已經永遠喪失她的戀愛零了。無論她將來會遇到怎樣更幸福或更不幸的戀愛，也不能改變她已經是一個初次嘗到戀愛負的女孩的事實。而無論將來要面對的感情是正是負，素貞已經開始有點懷念那伊甸園般的、白壁無瑕的戀愛零的日子。

Physics

感情的波動

無線電廣播有頻率調制（FM）和振幅調制（AM）兩種。頻率調制採用的是甚高頻波，振幅調制採用的是短波和中波。中波和長波的波長較長，能夠衍射而繞過地面的障礙物前進，把訊號沿地面傳遞一段較長的距離。相反，甚高頻波的波長較短，干涉較少，訊號質量亦較佳。

那一晚當兆波照常於晚飯前伏在收音機旁邊，收聽 FM 波段上某電台的流行音樂節目的時候，他忽然悟出了一個道理。同一時候在另一個電台一個叫做《開卷樂》的讀書節目正在以 AM 廣播。兆波不收聽《開卷樂》並非因為 AM 節目的質量較差，也不完全是因為他嗜聽那些千篇一律的情歌，而是因為他最近並沒有足夠的專注力去解讀其他稍為複雜一點的聲波。一直令兆波困擾的，是如何令鄰班的郭小沿接收到他的信息。

在這一晚，當他在調校收音機的頻道時，他忽然想起了物理課上剛剛談到的波動學理論：V ＝ f λ（波速＝頻率 x 波長）。他嘗試用這套理論來思考如何加快與郭小沿發展關係的速度。很明顯，郭小沿已經開始注意他。雖然大家隔着一個課室，而且素不相識，但他的眼神就像長波一樣越過遠遠的距離，衍射開去，令她感到自己正受到偷偷的注視。她甚至多次在走廊上回過頭來，用眼眸把眼波反射回去，在兆波的心頭產生激烈的震盪。

後來他就打聽到那個雙眼反射着奇異光芒的女孩叫做郭小沿，是文科班的高材生。對於他為何偏偏會喜歡上這個女孩子而不是另一個，兆波實在不得而知。他甚至想也沒有想過這個問題。這大概就像一個用聲納探測海底的魚羣的漁夫一樣，不會理會為什麼會捉到某一條魚，因為這不過單純是由於某一條魚碰巧在某一個時刻進入了聲納的範圍吧！初戀（特別是一見鍾情那一種）往往是這樣隨機的，雖然它的形態和過程往往依循着某種規律，但每一宗個別的事例也是偶發的。這就像物理定律與偶然性之間的永恆爭論。

微波（microwave）可用於：

1. 把電視新聞從流動廣播車發送回電視台；

2. 與人造衛星通訊；

3. **雷達探測；**

4. **微波爐。**

兆波決定那天一定要採取行動。那天早上出門之前，他從電視早晨新聞中看見地鐵故障的現場報道，差點以為上不了學，預計的行動也要告吹了。幸好通訊發達，他立刻轉乘巴士，只是遲到了十分鐘。好不容易才熬到午飯時間，兆波戰戰兢兢走進飯堂，像雷達偵察機一樣四處巡弋，很快便發現了目標。郭小沿跟幾個女同學正在一張桌子上吃飯。兆波拿着冷凍的飯盒，裝作漫不經意地坐在鄰桌。

飯盒是他叫媽媽準備的，為了省一點零用錢。可惜學校沒有微波爐，沒法把食物加熱。郭小沿她們在鄰桌的笑語像水波般盪漾，悠悠滑過兆波的鼓膜，頻率高而音質清脆，是歡欣的表示。他一邊傾聽一邊思索微波爐的道理：微波使食物中的水分子活躍，以達至加熱的效果，把食物煮熟。如果他能夠令她心中的分子跳動，情緒灼熱，乃至成熟……他把一塊未經加熱的雞肉放進口中。

他對她的行蹤已經瞭如指掌。午飯後，郭小沿會到圖書館當值，她將會獨自坐在借書處的櫃枱後面。他按照計劃進行，隨便的找了一本關於海豚的書，來到借書處。這是他第一次這樣近距離地面對郭小沿，他迫使自己正視她的眼睛，彷彿要發射更強的能量。怎料不待他開口，郭小沿竟然先說：「你也喜歡海豚嗎？」他啞口無言，進退失據。

「海豚可以用超聲波看世界啊！」她說。「超聲波？」他還未能調好頻道。「對啊！一種我們聽不到的聲音。」她的語句在他腦際回響。聽不到的聲音，是什麼意思？第一次跟自己喜歡的人說話，往往像首次接通越洋電話，感到有點不可思議，如幻似真，結果不知該說些什麼。

紅外線（infra-red ray）是由溫暖的物體所發射的，也稱為熱輻射，是肉眼所不能看見的光波。

這個時候，兆波與郭小沿的關係雖然還未發展到可以觸摸她的手的階段，但他差不多已經感到她的體溫了。自從那天老師在物理課上展示了溫度記錄照片，他的腦海中便常常出現郭小沿的熱敏照像。他會看見她那偏向藍色和紫色的雙腿，代表較低溫；她那紅色和橙色的身軀；以及白色的頭部，顯示最高溫。他想像，她心臟的位置，亦會是白色的。

兆波和郭小沿開始進行非正式的會面，例如在走廊碰見時打個招呼，或者在圖書館外面閒聊幾句。但他還是完全捉摸不透她的心思。有時候她顯得漫不經心，有時候卻又好像在作出曖昧的暗示。兆波多想有一雙可以看見紅外線的眼睛，使他能夠在一團漆黑中探知情感的溫度。或者，他應該發射一枚感熱的導彈，追蹤目標，一擊即中。

可見光譜中的顏色按順序分別是：紅、橙、黃、綠、藍、靛、紫。其中紅光的波長最大；而紫光的頻率最大，折射率亦最大。把七種顏色的光混合在一起便是白光。

兆波知道，要事情得到進一步發展，必須把接觸的頻率增大，並且把自己心中的情意加強到可見的程度。他要讓對方清清楚楚地分辨自己心中純粹的光譜，但他不能唐突行事。時機終於在學校旅行那天來臨了。

那天早上一直下着毛毛雨，但大隊照常出發，大家也對這樣的旅行不抱有什麼期望。雨雖然不大，但準備燒烤的也十分掃興。大家撐着傘，在山野間站不是，坐又不是。

兆波不時從傘底瞥向文科班那邊，只見郭小沿跟另一個女同學縮在一把紫色的傘下。不知是不是雨點的影響，兆波不遺餘力地送出的秋波紛紛折射到郭小沿身旁的女同學那邊去，使那女同學不時向兆波回眸，嘴角還含着笑意呢！嚇得他連忙用傘擋着。

彷彿奇蹟一樣，午後不單停雨了，連雲層也散去，陽光像箭般灑下。郭小沿忽然獨個兒往山坡下走去，兆波見狀，立刻偷偷從夥伴間溜走，尾隨小沿。他甚至不裝模作樣了，直截了當地讓她知道自己的意圖。他希望今天能夠令事情明朗化，不再含混不清。

在紫色的傘下，郭小沿的臉色顯得黯淡。兆波的白襯衫反射着太陽的光芒，郭小沿覺得有點刺眼，別過了臉。兆波慢慢逼近，心中焦躁地思索着怎樣的措詞才不至於太離譜。

在離開郭小沿兩尺的地方，兆波忽聞她尖聲高呼，害得兆波差點在還微微濕潤的草坡上滑倒。她指着天邊，用高調子的聲音大叫：看！彩虹啊！彩虹啊！兆波站在那裏，目送她興奮地向同學們跑去的背影。翻倒在地的紫色傘子一晃一晃，像接收衛星電視的碟形天線。

小量的紫外線（ultra-violet ray）對人體是有益的，它能夠令皮膚產生維生素 D 和把皮膚曬黑。但是，大量的紫外線會引致皮膚

癌。

彩虹事件並未令兆波氣餒。他明白到他不能靠偶然的機會，而要作出刻意的安排，就像在做一個受控制的實驗一樣。結果差不多已在掌握之中，一切只差證實罷了。

兆波班中的一個男同學阿威跟郭小沿的知心好友美玲相熟，於是兆波便託阿威約美玲和郭小沿一起到海洋公園去看海豚。想不到，郭小沿竟然毫不猶豫地答應了。

那是一個萬里無雲的秋日，走在太陽底下，仍有炎熱的感覺。郭小沿整天穿着長袖襯衫，戴着帽子，惟恐日光沾染她雪白的膚色。

好不容易，待到阿威和美玲跑去玩機動遊戲，兆波才有機會跟郭小沿單獨相處。他問她為什麼怕日曬，她説：「臭氧層不是穿了個大洞嗎？陽光對皮膚有害。」

「但陽光也給你溫暖啊！沒有必要完全拒絕吧！」他嘗試用熾熱的目光凝視她的雙眼，但她卻迅速低下頭來，帽沿遮去了她大半張臉。

兩個同步或同相的波相加起來，因而產生一個振幅更大的波，

稱為相長干涉（constructive interference）。相反，兩個 180° 不同步或反相的波互相抵消，因而停止運動，稱為相消干涉（destructive interference）。

父母對子女過於早熟的戀情的干涉，通常屬於相長干涉的類型，即兩個波的相撞，產生一個更大的波。子女往往會因為父母的干涉而更堅執己見，就像我們的兆波一樣。當兆波母親發現他在枕頭下面珍藏着一幀跟一個戴帽女孩子在某公園拍攝的照片，她曾經作出強而有力的干涉，例如以高於八十分貝的噪音加以質問，但卻反而增強了兆波排除萬難、克服波折的決心。

X射線（x-ray）是由X射線管產生的。它的波長非常短，而且貫穿能力很強。

海洋公園一天除了留下了幾幀珍貴的照片，並沒有很實質的進展。

但焦灼只會令戀人的內心產生更強大的能量，像 X 射線一樣，銳意穿透任何障礙。

這個時候，剛巧發生了一件意外事件，令事情彷彿出現極大的變數。

在體育課上打排球的時候，郭小沿不慎跌傷了右手腕部，被送進醫院。

兆波聞訊，下課後立刻趕到醫院去。郭小沿的右手腕骨折斷，需要動手術。

第二天探病時間，兆波溫柔地凝望着郭小沿打了石膏的右手。

他彷彿能夠透視那厚厚的石膏和她幼嫩的肌膚，觸摸到那粗暴地嵌在她脆弱的腕骨上的鋼片。

看着牀上蒼白的她，他幾乎可以辨識她纖細的骨骼和肺部、心臟、胃部、腸臟的陰影。

他覺得，他的愛情已經滲透到她體內的每一個細胞，了解着她體內的每一條脈絡。

郭小沿垂着頭，總是迴避他的目光。他想，她一定知道，自己已經在她面前顯露無遺。

伽瑪射線（gamma ray）是由放射性物質產生的。它的波長極短，有極強的貫穿能力，對人體非常危險。小心應用伽瑪射線，可殺死病人身上的癌細胞。

兆波決定要寫一封情書。

這就像一次高頻率的傳送。

他的感情已經到達極點。

甚至是最厚的鉛板也沒法阻擋他的激情。

他要把她體內疑慮的細胞殺死。

他帶着情書和一束玫瑰來到醫院。

她正在病牀上艱難地做功課。

他的文字就像一束強勁的粒子。

沒有核爆的驚天動地。

信紙悠悠落到地上。

你完全搞錯了。

請你離開吧。

以後也不要再來。

我還要好好地念書。

Chemistry
碳水化合物之戀

當兩個或以上的純物質混在一起，便成為一個混合物。在混合物中的各個物質都保有它們原有的性質，利用物理方法，可把它們分開。

化合物是由兩種或以上的元素物質，通過化學反應結合而成。它與組成它的元素在本質上完全不同，我們只有通過化學方法，才能把它分解為元素。

呂子才的家庭生活並不愉快，但這並沒有減弱他對幸福愛情的追求。這多少得感謝我們的流行曲，日以繼夜、孜孜不倦地向我們的年輕人灌輸激情的電流，就像把鉀投進水中一樣，迸發出美麗的藍色火焰，和釋放出大量的氫氣迷霧。青春的能量，除了消耗在戀愛之上，還有更適當的出路嗎？

呂子才並不完全是瞎起勁的，他在化學課上所得到的一項啟示，令他比其他年輕人提早找到自己生命的明確目標。這個啟示就像神蹟一樣，毫無預示地降臨到他昏昏欲睡的腦袋中。這也許說明了化學科跟宗教科並不是沒有共通之處。老師正在示範各種分離混合物的物理方法。看着懸浮液在過濾紙摺成的漏斗中的濾渣，他想到的竟然是自己好賭成性的爸爸。最近媽媽便多次拒絕讓爸爸回家，又嚷着要跟他離婚。呂子才知道媽媽不是一時之氣。事實上，多年來爸爸和媽媽便一直水遇着油似的，只是形式上共處一室，心靈卻從來沒有融合過，他們能夠忍受對方直至今天，才是值得奇怪的事情。

當老師用蒸餾法把水和鹽分離開來，呂子才便知道自己追求的是什麼了。他追求的絕對不是隨便找一個伴侶度過一生，就像把鹽混到水中，或者把鐵和硫的粉末和在一起便算的那種關係，而是彼此滲透、融合，產生難以分解的新個體的一種感情關係。就像把鐵和硫加熱而結合為硫化鐵一樣，彼此再不是鐵，也不是硫，而是一種新物質。這個過程把雙方也改變了，大家也不再是從前的自己，但大家又保留了自己的一些特質。從此，大家合而為一。要把雙方分離，雖然不是沒有可能的，但卻需要複雜而艱巨的化學方法了。為了達成這種化合物式的關係，呂子才準備隨時付出巨大的能量，甚至消耗自己也在所不惜。

多虧呂子才的白日夢，枯燥、教人頭痛的化學教科書變成了一部浪漫傳奇；而化學課則上演着一幕又一幕的戀愛試驗和冒險，當中充滿着碰撞、摩擦、熔融、分解、吸引、排拒、爆發、淨化、消耗、腐蝕、中和、蒸發、結晶等，足以製造最激情的小說元素。

問題是，呂子才急需找一個實驗對象。

元素週期表是把元素按照它們的原子序，由小至大排列而成。在週期表中，屬於同一橫排的元素，即表示它們在同一週期（period）內。在同一週期內，元素的化學性質並不相似，而是自左而右地逐漸改變。週期表中同一直行的元素稱為同一族（group），同族的元素都具有相似的化學性質。

令呂子才困擾的，並不是對象的缺乏，而是如何準確掌握對象的屬性。呂子才居住的屋邨附近的公園，便常常有一些不上學又不回家的女孩子留連，但他知道這些不是能夠跟他產生化學反應的對象；要不就是沒有反應，要不就是反應過於猛烈，玉石俱焚，兩者也不甚理想。

雖然在現實生活中，人的性格或特質是十分複雜的，不能像物質一樣被細分為純粹的、單一的元素；但作為一部小說，特別是一個從呂子才的角度出發的小説，我們卻不妨把人的多重特性簡化為一個元素週期表，好使我們能在幻想中掌握人類性情的規律。例如，有些人的屬性是氫，他們的想像力就像氫氣球一樣，愈升愈高，愈飄愈孤獨；有些人則有鉛的特性，阻隔力強，但自我封閉；有的則屬罕有的金，華貴奪目，但卻帶點虛榮。呂子才仔細研讀書上的元素週期表，嘗試找出自己心目中理想的元素。

他很快便肯定，那必定是氧。

在人類居住的地殼上，含量最豐的元素就是氧。氧也是人類生存的必需養分，這正好表明，有着氧屬性的對象就是那不可缺少的另一半。至於自己，如果是氯也不錯，因為氯可以消毒殺菌，氯和鈉結合又可以產生鹽，也算是人體的必需品。但怎麼説還是氫比較適合，因為氫和氧結合便成為水（H_2O），水也同樣是生命之源啊！至於這個氧，並不難找，呂子才早就心有所屬了。

楊麗麗是屋邨士多老闆的女兒，呂子才從小就到士多買零食，投角子抽玩具和閃卡。楊麗麗常常坐在一張小摺枱前做功課，有時候又會替父親看一會舖子，做些收錢遞東西之類的雜務。呂子才跟楊麗麗早已認識，但卻沒有怎樣交往。可是呂子才每天也得借故到士多跑一趟，看楊麗麗一眼，否則他便會胸口發悶，有窒息的感覺；於是，呂子才知道，楊麗麗就是他的氧。

呂子才不太肯定兩個元素是屬於同一週期，還是屬於同一族會比較適當。如果楊麗麗是氧，那麼同一週期的就有碳、氮、氟、氖，而週期中屬於金屬部分的有鈹和鋰。跟氧同族，即有相似化學性質的，則有硫、硒、碲。如果楊麗麗的屬性是氧，呂子才便會不惜改變自己的屬性來配合她，但問題是怎樣才算是配合？同族似乎並不是個理想的配搭，因為性格相同的人往往擦不出火花。但性質完全相反也不一定是好事，弄不好還會造成爆炸，或者產生有毒氣體。屬於第一族的金屬鈉和鉀似乎也太極端了，最好還是採取中庸之道，選擇過渡性元素中的某種金屬元素比較穩當。

導電體（conductor）是可以讓電流通過的物質；非導電體（non-conductor）是不能讓電流通過的物質。

一個沉醉於愛情中的人的心思，就像原子中的電子一樣難以預測，你永遠沒法準確描繪和計算電子運行的軌迹。呂子才覺得，還是以金屬元素來理解楊麗麗比較好，因為金屬才是導電體，只有金屬，才能讓他心中戀愛的電流通過。但呂子才還是戰戰兢兢，不敢輕舉妄動，他害怕發現楊麗麗其實是絕緣體，對感情毫無反應。他以嚴謹的態度進行自己精心設計的實驗，而實驗的第一個步驟，就是觀察和綜合楊麗麗對他的反應。他預先設定一系列問題，來刺探楊麗麗對男女感情的看法，確定了她對中學階段談戀愛並不反感之後，才進一步測試她對自己的觀感。經過了一段長時間的反覆驗證，他得到了初步結論，並且決定要進行更具危險性的實驗——他要把電源接通了。

跟愛情的世界一樣，電的世界是奧妙的。導電物質是由帶電粒子所組成的，這些粒子就是離子。原先在一顆原子中，帶正電的質子和帶負電的電子數目是相同的，所以原子不帶電荷。但當原子獲得更多電子，它便成為帶負電粒子，亦即陰離子。反之，當原子失去電子，它便成為帶正電粒子，或稱陽離子。陰離子和陽離子的負和正電荷互相吸引，產生電流。愛情也就是這回事，一方面是基於不足、欠缺、渴求的驅動，另一方面卻又是由於滿溢、延展、流露的欲望使然；必須等待陰陽相調、正負相消，躁動和洶湧才得以平伏，回復安靜的狀態。但安靜卻暗示沉寂、僵硬，所以愛情不得不重複發生，歷久常新，或變換目標，以保持生命激流暢通無阻。

所以，當呂子才在晚上思念楊麗麗而不得見，他心中的空虛落寞使他無異於一個缺乏電子的陽離子；而當他五內噴湧着急欲宣洩的熱情，他又彷如一個帶有過多電子的陰離子。只要楊麗麗擁有導電體的心理構造，呂子才體內的高壓電力便必能在她靈魂的粒子間引起軒然大波。在一個提早日落的冬日下午，呂子才在士多買了一盒維他奶，付錢給楊麗麗的時候，在紙幣下面夾了一張字條。十五分鐘後，楊麗麗果然在屋邨停車場上蓋的公園出現。呂子才就像遭到電殛一樣，險些在快樂中昏厥過去。

呂子才發現，楊麗麗不單不是絕緣體，而且還是極佳的導電體，是銀，是金子。他難以想像，人生的第一段戀愛就這樣輕易地實現了。許多個傍晚，他和楊麗麗一起在偌大的屋邨四處閒蕩。面前彷彿有永遠走不完的路，讓他們無了期地把交談延續。但呂子才也驚訝地發現，屋邨的每一個角落也佈滿了楊麗麗的愛慕者。她不時得停下來跟這個男孩打招呼，跟那個男孩寒暄幾句，有時候還跟他們顯得十分稔熟。呂子才倒覺得她對自己太斯文，太見外了。金子、銀子好是好，但卻人見人要。

鐵的主要腐蝕現象是生銹。生銹就是鐵在潮濕的情況下被空氣中的氧氣氧化，生成水合氧化鐵（III）的緩慢化學反應。

呂子才還以為，他和楊麗麗的愛情就像鋼鐵一般的堅固，將會地久天長、海枯石爛；但他卻沒有料到鐵會在不知不覺間，被空氣中的氧和水分慢慢腐蝕。愛情所害怕的不是巨力的打擊，而是無聲的朽壞、變質。當初輕易地獲取楊麗麗芳心的狂喜，漸漸生出了懷疑的銹蝕，向他暗示了楊麗麗隨便的德性。説不定她也同樣地對待過其他男孩。每當呂子才看到楊麗麗跟其他男孩説話，他心頭的 pH 值（酸鹼度）便會急劇下降到 2 或以下，比醋和檸檬汁還要酸。楊麗麗對他的反應並不是沒有知覺的。一想起呂子才彷彿要噴出濃硫酸的雙眼，便覺得又可笑又可恨，甚至還有點可愛。她雖然沒有上過化學課，但她卻靠本能知道，要稀釋濃硫酸得格外小心，否則濃硫酸會在水中產生暴沸，很容易弄至體無完膚。

事實上，楊麗麗的個性的確是比較活躍，這跟她自小就在舖子接觸陌生人不無關係，但她還未曾真正喜歡過一個男孩。呂子才是第一個。至於她為什麼會喜歡他，説來也不是因為他有什麼過人的素質，那就像兩種能產生化學反應的物質碰在一起，也不是因為哪一方有什麼優越，就只是大家剛巧擁有能令對方產生作用的特性吧！

楊麗麗並不知道怎樣防止鐵生銹，但她卻知道只有引入適當的信任，才能防止感情的變質。這就像在鐵中加入鉻，造成高強度和抗腐蝕性極高的不銹鋼。但單單是他信任她還不夠，還要他克服那些無謂的嫉妒。這的確是不容易的事情，因為一個人愈是深陷愛情的迷霧，便愈難辨清事情的面貌。他的想像力會比世界上一流的小説大師還厲害，憑空創作出數不盡的虛構情節和人物。所以，雖然楊麗麗依舊是他賴以生存的氧，但氧也是一種到處留情的氣體，跟大部分的金屬也能產生反應，造成氧化鉀、氧化鈉、氧化銅等。它一方面是生命的餵哺者，另一方面卻又是存在的腐蝕物；它同時帶來了生命和毀滅。

讓我們相信，這一雙小情人終能排除萬難，錘煉出更經得起時間考驗的感情。我們可以這樣推想，呂子才原本是性質活潑而脆弱的鋁，在電解的過程中和氧接觸之後，產生了鋁的陽極氧化；這使鋁的表面生成了一層氧化鋁，保護着裏層的鋁不至受到腐蝕。適度的腐蝕竟然產生鞏固的效果，就像少許的猜疑保存了感情的活躍和新鮮；經歷了種種的不安、焦慮、懷疑、妒忌，當中間歇得到的滿足和安慰才顯得彌足珍貴。當呂子才細細咀嚼、回味，他會啖出碳水化合物的甜味。

是了，葡萄糖：碳、氫、氧的化合物。呂子才終於找到理想愛情的象徵：雙方融合無間、難分難解，甜，熱量和能量之源。

Biology

自我的再生

月經週期（menstruation or period）——女性到了青春期，就開始出現生理上的週期（約二十八天）變化。在每個週期的開始，卵受刺激後在卵巢內發育起來，成熟後（第十四天）被排入子宮。如果卵未能受精，會在大約十四天後隨少量出血排出體外。接着，整個過程又重新開始。

顧子美曾經説過一世也不會結婚，也不會跟任何男人做那種事情。雖然男女生理結構和生殖過程這種事情，曾經在生物課上堂堂正正地給教授過，也曾經在考試中嚴肅鄭重地考問過，但當中總是有一點什麼令子美感到不安。這可能是一個無關乎知識的、從體內最隱祕的深處發出來的訊號。

第一次接收到這個訊號，是在子美初次月經來潮的時候。當子美發現褲子上的血污，她並未至於太驚慌，因為好友欣欣早已偷偷跟她談過自己的經驗了。但當事情真的發生在自己身上，總難免令人胡思亂想，譬如聯想到死亡。教人忡忡不安的幾天過後，子美真的有死裏重生的感覺。她只知道，這個過程將會周而復始，像沒法逃脱的命運之輪，主宰着她作為女人的一生。她首次發現，在自己的身體中，有一個不受制於自己、彷彿是不屬於自己的部分。

生物教科書上説，只有昆蟲才會經歷由幼蟲變作成蟲的變態過程；但子美一直也認為，自從來了月經，自從乳房開始發育、脹大，她便已經完全變了另一個人了。她不再是從前那個能夠跟男生扭打碰撞的女孩，她和其他女孩之間也產生了距離，大家也企圖互相隱藏自身的變化。她從不論男或女的整體混沌狀態中分化出來，開始意識到自己作為單獨個體的存在。

困擾着顧子美的，並不單純是污穢感，或者是月經造成的麻煩和尷尬。月經總令她有體內穿了一個洞、給掏空了的感覺。一種空虛、失落、匱乏。一顆卵子，事實上就是一個細小的自己，它擁有自己的所有特質，甚至是性情。而生殖，reproduction，不也就是自我再生的意思？但在月事之中這個自己得一次又一次地死去，在殘餘物質一樣的血塊中耗掉。子美從課本上理解到，要保存着這個自己，讓它不致耗死，惟一的方法就是讓男性來填補這個空虛，使荒蕪變成豐盈，在貧乏中孕育出生命。但這正是最令子美害怕的事情。如果一個雌性堅持拒絕跟雄性交配，從純物質的角度看，這種缺乏生殖作用的存在，便注定是孤絕的了。她只能在封閉的週期內經歷並不會開花結果的生滅。

無性生殖（asexual reproduction）是以親本的一部分構成新個體，並不需要專門的器官或細胞。這種生殖方式的新細胞要通過有絲分裂產生。

顧子美永遠也不會忘記小時候的一場經歷。那時候她大概七、八歲，有一晚半夜醒來，聽見隔壁爸媽房中傳來一陣古怪的聲音，就像是猛獸在喘氣一樣。她又怕又好奇，又擔心爸爸媽媽的安全，便大着膽子起來察看。從半掩的門縫望進去，發現裏面還亮着小桌燈，在一張薄被子下面，爸爸和媽媽的身體糾纏在一起。媽媽的臉上彷彿露出十分痛苦的神情，咬牙切齒、哀音不絕。子美震慄得不懂説話，顫抖着回到自己的房間。有好一段日子，她恨透了爸爸，甚至拒絕跟他説話。她認定男人都是醜惡的動物，發誓自己一生也不要受那種屈辱。她當時還未知道那是什麼回事，也不知道，多年來，爸媽一直想在子美這個獨女之外，多生一個兒子。不過，結果他們也沒有成功。

稍長之後，子美對男女之事有了書本的知識，也暗自嘲笑過自己當年的無知，但她始終沒法抹除記憶中那慘痛的音容。每一想到將來自己也會受到男人如此的對待，便覺着一陣陣噁心。多年來，她惟一的舒解，就是向欣欣訴說心底的這個祕密。

欣欣是子美自中一便認識的知己朋友，樣子秀美，又發育得早，到了中四便已亭亭玉立，比同年的女孩成熟兩三歲。好幾次在更衣室中，子美瞥到欣欣豐美的身段，自己竟紅了臉，像是給人看了自己。有時候子美站在浴室鏡子前，盼望自己能像欣欣一樣，看着看着，竟又有了幾分相似。她伸手摸了摸鏡中的自己，甚至湊近輕吻了她一下，忽然想到，要是人能不經過那種齷齪的行為，就這樣生出一個跟自己一模一樣的子代，那多好。她閉上眼睛，彷彿那黑暗就是通向自己體內的隧道。在那混沌之中，她感到有東西在她體內慢慢分裂，像細胞的自行複製，不假外求，毋須配偶的配合和遷就。就像洋葱，或者薑，或者馬鈴薯，或者是水仙，能自體孕育出自己的結晶。這結晶將會是純粹的，完全忠於自己、屬於自己的，沒有任何干涉、滲雜、屈從、妥協。

但鏡中的顧子美流露着哀傷的面容，她把雙手放在自己平滑的腹部，深知這不過是一個豐沃的夢幻。她幾乎可以按照教科書上的圖解，在自己的肚皮上描繪出那仿如一棵樹的美麗形狀。在樹枝的左右兩邊各有一巢，鳥兒就在巢裏產卵。這樹原本應該開枝散葉，但她預視到，它將要凋零枯敗，因為她拒絕鳥兒。子美不忍面對，離開了鏡中的水仙。

有性生殖（sexual reproduction）是利用配子這種特殊細胞來形成新的個體。配子是經減數分裂而產生，染色體數目只有正常細胞中的一半。在受精作用的過程中，兩個配子融合成合子。合子以細胞分裂和發育形成胚胎，繼而生長成為成熟的生物。

顧子美相信，周傳德完全是一個意外。那是在會考之後的暑假，子美在一家進出口貿易公司做暑期工，負責接待。周傳德是公司老闆的兒子，留學美國，剛回來過暑假，閒着便來公司逛逛，美其名曰學習實務。子美並不是看不出傳德的為人，也不是沒有嗅出他自命風流的味道；但傳德跟她搭訕，她也沒所謂地應和着，後來甚至答應和他一起吃飯。子美知道自己抗拒什麼，但當自己在抽象的概念裏決意摒棄的東西，實實在在地在眼前出現，她又忍不住要看個究竟。這就像真的去讓火燒着來體驗火的危險。又或者，這是出於一種報復心理。

事情很快便超出了子美的掌握。一晚，子美跟傳德看完電影，在公園的一個漆黑隱蔽的角落，傳德強吻了她。起先她反抗着，後來便迷迷糊糊地接受了，傳德的雙手不住地往她身上貪婪地摸索。

除了惶惑和不安，事實上子美對傳德並沒有太大的感覺。但她還是思索着愛情這回事。愛情本身是不是一種生理作用？人體細胞內有四十六個染色體，而作為配子的卵子和精子卻各自擁有二十三個染色體，需要結合在一起才能形成一個新的、完整的人。這是否意味着，無論男性還是女性，本身也需通過減數分裂，摒棄部分的自己，以欠缺的、不完整的狀態，通過盲目的本能驅動，追尋自己的另一半？這裏面實在有一個十分奧妙的象徵意義。但在完成自己之前，是不是必得先喪失一部分的自己？而完成的過程，是不是必然由一方追逐、包圍、攻破另一方的防線，就像精子爭着穿破卵子的壁膜一樣？

男女愛情的生物結構原型令子美陷入懊喪之中。難道愛情沒有另外的道路，另外的方式嗎？超越孤絕的惟一方式，難道就只有自我消滅以求補足嗎？成長的終極難道就是自我的否定嗎？在減數分裂中染色單體之間產生互換，加上單倍體（配子）與單倍體的結合，造成子代（新的二倍體或合子）的變異。這使下一代跟上一代既相似但又不一樣。但經過變異的自我還是自我嗎？當傳德成為了我生命的一半，我還能夠把自己認出來嗎？我還能夠把他認出來嗎？新生命既可視作舊生命的延續，難道也不暗示了舊生命的不可再嗎？子美覺得生命正從手中一點一滴地流逝。

全部生物的染色體都含有一種特殊分子，稱為脫氧核糖核酸(DNA)，DNA由兩股構成，以含氮鹼基連接在一起，因此也稱為雙螺旋。基因（gene）就是DNA上一個帶有特定蛋白質密碼的片段。

當傳德提議和子美一起到長洲度週末，她便完全明白了他的暗示。傳德在外國多年，這種事大概是稀鬆平常的了；但對於子美，這無異於一個事關榮辱的決定。她當然知道傳德很快便要回到美國，也知道他不是那種天長地久的人，但那種事情的神祕卻又在誘惑着她。她記起幼時父母房中的一幕，她愈覺得可怕便愈被牽引進去，無可避免地重新扮演媽媽的角色。結果她答應了他，咬着牙齒航向毀滅。

子美藉口説是和欣欣去玩，爸媽跟欣欣早已認識，也就放心讓她去。但在之前一天晚上，子美卻猶豫了，整夜沒有睡好。後來她索性起來亮了桌燈，往小鏡子裏嘗試閱讀自己的心思。她想知道，在她的 DNA 密碼裏面，是否載有關於她的心理結構的信息。有人説，一個人對性的取向早已給儲存在 DNA 裏面。她彷彿看見自己的細胞中的螺旋體慢慢拉長、伸張，抽絲剝繭一樣地把鏈上的三聯體密碼解開。當她想伸手捕捉在空中旋轉的思緒時，它又糾纏在一起，在昏暗中隱沒了。

子美曾經懷疑自己跟一般的女孩不太相同的心結是遺傳得來的，就像人家得的遺傳病。但在她的觀察中，爸媽也好像沒有受到那方面的困擾。那麼，會不會是隔代遺傳？即在她的先祖之中，曾經出現過抗拒男女相交的孤絕個體。但既是孤絕，又哪能遺傳？若然不是因為遺傳，那會不會是由於基因的突變？因為環境的誘變因素，而令自身的基因產生出新的結構。子美聽老師説過，世界上有某些種類的蜥蜴全都是雌性，能夠單性自體生殖，毋須雄性的配合。於是她就想：如果我體內的性染色體是 X，那麼一個配子跟另一個配子自體結合，得出的便永遠也是 XX，一個完整的女性的合子。如果單性生殖能夠確立，女性就能夠自足自存。Y 染色體將會失傳，男性將會滅絕。顧子美在鏡中看見自己，也就是自己的女兒。

第二天早上，子美打電話給欣欣，約她到大嶼山宿營。欣欣很爽快地答應了。她們比傳德早一個小時來到碼頭，走上往梅窩的渡輪。子美是不打算再見傳德的了。在甲板上，欣欣烏黑的髮絲揚起，飽滿的身軀舒展出白嫩的臂胳，娟秀的臉在陽光中綻亮着笑。子美看見了盛放的水仙。

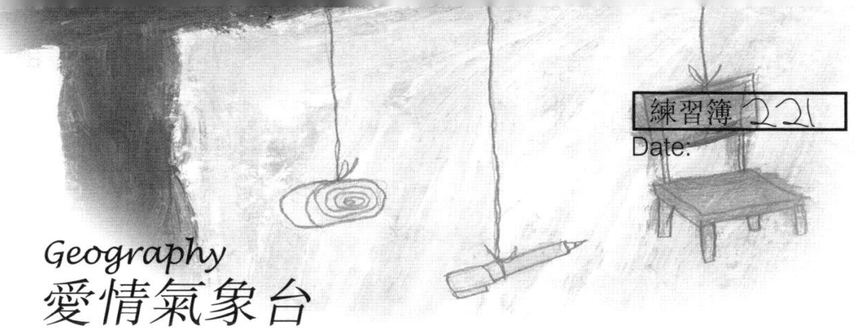

Geography
愛情氣象台

假設入射的陽光為百分百，約百分之二十七被大氣中的雲、氣體分子、固體物質等反射及散射回太空，百分之二十四被吸收，百分之四被地面反射，故只有百分之四十五的陽光能被地面吸收。地面受熱後，又以輻射、傳導和對流三種方式將熱量釋出，使地球降溫、大氣增溫。這種過程稱為地球的熱平衡(heat balance)。

人與人之間的感情關係，就像地球表面上的大氣層，須維持一定的熱平衡，不能過分火燥，否則就會像大量燃燒礦物燃料，使大氣中二氧化碳的含量增加，從而造成溫室效應。可雨認識美雲初期，內心就是這樣熾熱地燃燒着，感情的溫度大幅提升而無處釋放，形成了暗戀期的愛情溫室效應，心理處於嚴重失衡狀態。

可雨和美雲是在學校地理學會舉辦的一次田野考察中認識

的。當隊伍在糧船灣洲攀爬海邊的懸崖，觀察經過侵蝕的流紋岩六角柱狀節理時，可雨在較險要的地方回身攙扶了後面的女同學一把，那個有着纖巧柔滑的手指的女孩子，就是美雲。後來可雨才知道，美雲是中四升中五的學生，比自己低一級。但在那回頭把手伸出去那一刻，可雨便幾乎可以肯定自己體內的深處產生了一場地震，震央是腦殼內某個主宰愛情的地方。這場地震造成的破壞不少，可雨三日三夜茶飯不思，要不是正值暑假，還可能要荒廢學業。可雨苦心思量着的，是如何探測對方心思的溫度。

可雨嘗試以普通朋友的態度約會美雲，希望首先能做到跟她天南地北，無所不談。美雲也照樣赴約，但卻常常把話題提升到一個很高的層次，例如關於學業前途和人生意義之類，而迴避比較親近的日常生活題材。這使可雨有如登高山的感覺。須知道在大氣的對流層內，氣溫隨高度的增加而減低，平均為每上升一千公尺降 6.5℃。一千公尺以上的交往，的確是很難維持很久的。可雨當然明白，事情是不能操之過急的，太極端化並不適當，最好是保持在赤道附近的中間位置，因為緯度愈低，太陽的角度愈大；陽光穿過大氣到達地面的路途愈短，熱量也會較多。氣溫較高，有助於感情慢慢滋生成熱帶雨林般茂密。

有時候，美雲會表現得比較熱情，例如把一些印刷精美而缺乏實用價值的書籤送給可雨；但有時候她又會以太累或者約了朋友為藉口，謝絕可雨的約會。兩人的相處雖然像晴朗的天色般毫不曖昧糾纏，但卻也造成了很大的日溫差。日間在陽光照射下，氣溫甚高；但夜間地熱輻射迅速，氣溫又會急降。可雨情願讓愛情的迷霧把他們籠罩，使氣溫不至於產生太大的差異，讓彼此的感情得到雲雨的滋潤。

氣流因上升而降溫，到達凝結高度（condensation level）時，水汽附在吸濕分子上，冷凝而成水點或冰晶，稱為雲。飄浮在大氣中的水點及冰晶逐漸聚合，重量增加，降落地面，成為降水(precipitation)，其主要形態有雨、雪、冰和雹等。

古人早已懂得，親密關係的產生實無異於雲雨的作用。可雨一直也在預測着愛情的雲層該如何積聚，愛情的甘雨又該如何降臨。起先他希望它會以地形雨的方式實現。當濕潤的向岸風在前進中受高山屏障所阻，被迫沿山坡上升，水汽冷卻而成的雨，就是地形雨。這暗示着在他和美雲的感情發展中，得出現一些如險峻高山般的障礙，以促使彼此顯出患難真情。於是，可雨熱切地期待着雙方家長的無理介入、學業方面的不如意，甚至是輕微的

交通意外或疾病之類，讓他們能在困境中發現對方的重要，激起愛情的渴望。但這種機會一直也沒有來臨，想來路途欠缺崎嶇、太平坦也不是一件好事。

可雨於是又想到，愛情也可以以對流雨的方式發生。只要有高溫和濕潤的氣候，高度加熱的地面便會令上面的空氣上升，並產生強烈的對流。當上升空氣到達凝結高度，便會結成水點，形成巨大的積雨雲，最終以暴雨的形式落下。要達至這樣的情況，只要把感情的溫度大幅調高，並加上足夠的滋潤便可以。可雨可以讓約會和通電話的次數更頻密，相處時的態度更熱情，處處表現出更深切的愛護和關心，甚至坦誠而堅決地表白自己的愛意，並且癡狂地每天給她寫一封情書。這樣，終會在無風的交往中翻起劇烈的對流，造成暴風般驚天動地的降水。但可雨也明白到，對流雨的短暫性和地區局限性，而且隨之而來的雷暴可能會造成不必要的破壞。不過，他別無選擇了。

令可雨意想不到的是，溫度的提升並沒有造成對流雨，他和美雲的戀情反而在一場突如其來的氣旋雨中展開了。當溫暖、濕潤的熱帶氣流與寒冷、乾燥的北極氣流相遇，冷鋒便令溫暖氣流上升，並且凝結成雲，造成氣旋雨。美雲對可雨的表白的冷淡反應，令可雨的心情迅速成為一股強烈的氣旋，不斷向美雲的冷鋒衝擊。在一個大雨滂沱的九月天，可雨在美雲家樓下站了一整夜，希望能見她一面。美雲在窗前看着可雨的身影，在心中説了十遍不會下去，但結果她還是下去了。兩人也衣衫盡濕。

大氣壓力（atmospheric pressure）是空氣壓在地面的重量，它隨高度、溫度和空氣運動而改變。低壓顯示天氣不穩定，有雲和雨。高壓則表示乾燥及有陽光。風由高壓吹向低壓。

對於已經登上愛情頂峰的人，因為身處較高的位置，所以感到的氣壓也較低。可雨和美雲只是剛剛起步，還在低地掙扎攀爬，所以不免要承受較大的壓力。而且，人生中要兼顧的不同事情，就像地球上的氣壓帶，是沒法維持着相同的比重的，總得落入一種高低輕重的流動關係中。對於可雨和美雲，他們生活中的兩個主要氣壓帶，就是學業和愛情。兩者常常處於一種更替狀態之中。

高溫時，空氣膨脹上升，地面空氣密度減少，氣壓下降，形成低壓。這通常屬於熱戀的時刻，脱離現實，感到無憂無慮。縱使天色陰晴不定，變化無常，但也同樣令人沉湎和迷醉。然而這種低壓狀態並不能維持很久，因為低壓永遠是相對於高壓而存在的，而空氣會自高壓帶往低壓帶流進，最終使低壓帶消失，成為高壓帶。所以在初戀的氣候中享受過一段日子，美雲才醒覺到氣壓已經轉變，她不能不面對枯燥的會考的高壓。會考的高壓帶很自然地把愛情的低壓帶推到旁邊去。可雨已經渡過會考的難關，正處於中六的蜜月年中，自然傾向以愛情為先；但美雲卻不得不以學業為重。

美雲的保留顯然令可雨變得更加急躁了。他不是不想體諒美雲的處境，但人的感情往往就像風向一樣，完全被氣壓環境所操縱。可雨心中積鬱的熱量，就像急速上升的空氣，產生低壓，把鄰近的空氣拉入。當低氣壓與鄰近氣壓差異增大，強烈的氣流向低壓中心吹入，在到達中心前遇熱，以螺旋途徑急劇上升，形成極大的積雨雲，最終成為了一股強烈的熱帶氣旋，以凌厲的姿態向美雲吹襲。他怪責美雲冷落他、辜負他的關愛、自私、勢利眼。美雲沒料到可雨竟然可以如此暴躁和無理取鬧，但她在烈風暴雨中依然堅決不屈，結果颱風登陸後還是自行逐漸減弱了。

這一次的衝突雖然平息了，但美雲和可雨的不同取向就像一個睡火山一樣，不知何時會再次爆發。問題是雙方也是強硬派，不會輕易屈服，結果就像海底的兩個巨型大陸板塊，只要產生小小的摩擦，便會牽起災難性的地震和海嘯，甚至是陸地的沉沒、岩漿的噴湧。當美雲預視她和可雨的將來，她實在害怕想像那些破壞性的地殼變化。連最堅實的東西也不能持久，海枯石爛又算得上是什麼承諾？

岩石受氣候因素影響而碎裂分解，稱為風化作用（weathering）。風化作用分為物理風化、化學風化和生物風化。
各種天然媒介將地面物質剝蝕及帶走，稱為侵蝕作用（erosion）。這些媒介包括流水、風、冰和海浪。

美雲的憂慮並不是沒有根據的，無論是淡然或者是濃烈的愛情，也難免會在時光中面對日漸風化的命運。進入中五的學期中段，美雲的功課壓力愈來愈大了。她實在難以兼顧跟可雨的感情，所以她每星期只能騰出一個晚上跟可雨見面。在這短短兩三小時之內，積聚已久的思念和愛意自然加倍激烈地噴湧，簡直是蓋天鋪地，雷電交加。但過了這一晚，美雲又得埋首於書本之中，連跟可雨通電話也儘量避免。可雨在這段漫長的等待中，常常感到冰冷難耐。這種冷熱交替的溫差，造成了十分適宜物理風化的氣候。無論多麼堅硬的岩石，也可能在極大的溫差之下，因不斷反覆膨脹和收縮而自行分裂和解體。寒冷的會考氣候甚至會造成凍融作用，使水分在岩隙中因結冰而膨脹，把裂隙擴大，令岩石碎裂。

但美雲又想，就算沒有會考的困擾，全心投入的愛情也未必能抗拒時光的風化。縱使如膠似漆，翻雲覆浪，但終日暴露在過多的雨灑和海浪的濺射中，再頑強的岩石也會被化學風化。它的礦物成分和結構也會因化學變化而被破壞，繼而被分解和沖走。美雲想起在長洲海岸觀察過的蜂窩狀風化岩石，心中突然不寒而慄，彷彿這就是她和可雨的感情的寫照。

偏偏在這個時候，美雲和可雨的戀情被校內的好事分子發現了，當中包括雙方的同班同學。大家對這段關係也十分好奇，並且想盡辦法作出窺探。曝光的戀情使美雲成為班中的話題，令她萬分不自在，同學間的猜測和謠傳又愈來愈澎湃，使她因此而在校園內刻意迴避可雨，以免給人製造説閒話的機會。面對永無休止的公眾糾纏，可雨和美雲也不知如何自處，慢慢地雙方竟然因此而產生嫌隙。可雨主張光明正大，公開面對；美雲卻堅持把事情維持在絕對私人的層面。同學們就像一羣挖穴動物，無孔不入，把美雲和可雨間的縫隙愈挖愈深，造成生物風化。

美雲隱約明白到，他們正在面臨破壞性的波浪打擊。他們此刻的關係，就像一個陡峭的臨海崖岸，被波長極短的大浪不停衝擊、侵蝕。崖岸岩石中既有的縫隙中的空氣，被來回的波浪不斷壓縮和膨脹，產生巨大的壓力，令縫隙增大。她覺得脆弱的自己實在沒有能力抵抗這種巨大的水力作用。她的整個人快要在這一收一放之間四分五裂。

會考在即的日子，美雲決定要暫時凍結跟可雨的關係。她需要一個平靜的空間完成她的考試；至於愛情，如果真的是天長地久的話，也該無懼於那兩三個月的分隔。她希望可雨會明白。

有一天，美雲在溫習地理科的時候，讀到建設性波浪如何把泥沙沖上海岸，產生沉積。又讀到連島沙洲，即在淺海中因順岸漂移而堆積成的沙脊，慢慢地將兩塊陸地連接。例如長洲，就是由兩個島嶼連接而成。美雲的臉上忽然綻放出充滿期盼的笑容。時間，並不一定剝蝕，它也會沉積、結合。

美雲盼望着，會考之後和可雨到長洲走一趟。

Economics
友誼供求關係

機會成本（opportunity cost）：從經濟學的角度看，成本是滿足一項需求（demand）時所需放棄的其他最佳或最有價值的選擇。

談到學以致用，思儉可以說是一個典範。當然，這也跟他成長過程中的心理構成有關。思儉在升上中四之後之所以很快便喜歡上經濟科，可能是受到母親精打細算、錙銖必計的作風所影響，也不排除他是受到長期從事投機炒賣的父親的薰陶。至少在微觀的層面上，思儉很快便把一些基礎經濟學理論應用到生活上去，並且得到昭着的成效。不過我們也不能説是經濟學改變了他，事實上，經濟學只是把他自小培養起來的行為，提升到理論的層次，以及為他繼續堅持這種行為提供了有力的根據。

基本上經濟學的應用範圍是無遠弗屆的，例如，在友誼上面。經濟學的知識對思儉在調節人際關係上起了莫大的作用。要知道成長中的青少年在社會上仍未成為生產者，但他們在不斷消費的同時，亦已為將來加入生產隊伍而不斷儲積資產。這些資產中最重要的一項莫過於學業成績。所以對思儉這樣的少年經濟學家來説，在人際關係的問題上，學業永遠是個重要的考慮因素。所謂「近朱者赤，近墨者黑」，擇友當然要以不妨礙學業為重，如果能對成績有所助益那就更理想。

為什麼我們要從經濟學的角度去看待友誼呢？思儉會給你一個難以反駁的答案。友誼並不像父母之愛，它不是免費物品，而是要付出代價來換取的。基於慾望無限而資源匱乏的原則，造成了所謂需求；對友情的需求亦然。友誼並不是唾手可得的，它也受制於一定的供求關係，例如，供求平衡的時候，你會得到幸福；供過於求的時候，你會感到煩厭；供不應求的時候，你會感到孤獨。

當班上的同學們如墮五里霧中的時候，思儉卻很輕易地明白到，老師講述的所謂「機會成本」，也可應用在他和新近結識的朋友學仁的關係上。那是在剛開課不久，思儉看準了班中兩個有潛質成為朋友的對象，一個是維忠，另一個就是學仁。思儉雖然在有需要和合乎利益的情況下，不會介意跟一般的朋友保持友善的交往，甚至是做一點好像一起看電影或去旅行之類浪費時間的無聊事。但對於選擇有重大利益關係的好友，他向來十分謹慎，以免誤交損友。這樣看來，政府和教育家們對青少年苦口婆心的忠告，並不是完全白費的。選擇親近學仁而不是維忠，也就是說，放棄維忠是獲取學仁的友誼的機會成本。當然，建立一段友誼的機會成本不止是其他人可能的友誼，而且還包括因浪費在對方身上的時間而必須放棄的溫習、休息、娛樂，或巴結老師的機會。

邊際效用遞減定律（law of diminishing marginal utility）**：在特定的時間內，增加對相同的物品的消費，其總效用**（total utility）**亦會相應增加，但其邊際效用**（marginal utility）**卻會逐步遞減。**

思儉繼承了他父親的精明頭腦，對機會是看得很準的。維忠雖然對人慷慨大方，不拘小節，但成績欠佳，常常要求人家作出同樣慷慨的幫助。學仁個性比較呆板內斂，但卻樂於遷就別人，而且英語根底不錯，正可補思儉所短。在衡量各方面的得失後，思儉認為學仁的效用較高，是個較值得交的朋友。

學仁因為性格關係，知心好友不多，見思儉主動表示友好，自然樂於作出相應的回報。他甚至提出在課餘給思儉練習英語會話，又把一些改善英語水平的書本借給他。當然，人際關係中的交易是不可單單以物質衡量的，所以當思儉給父母責備而感到不快，需要一個傾訴的對象，或者在一次小病後，希望得到溫暖的關懷，學仁便發揮了他的效用。

然而，這種效用是沒法永遠維持下去的。學仁的善意慢慢發展成難以阻擋的熱情，並且漸漸出現壟斷的傾向。他幾乎要把思儉化為他的私有財產。縱使思儉是個徹頭徹尾的資本主義自由經濟信徒，他也對這種私有化的友誼感到吃不消。友誼的發展就像喝水，當你喝第一杯的時候，的確生津止渴；但當你很快再喝第二杯，滿足感可能已經稍減。假若你在短時間內喝下很多杯，每多喝一杯，水的止渴效用便愈低，甚至令人肚脹反胃。學仁每晚打給思儉的電話，以及他無窮無盡的友好表示，開始令他的友誼的邊際效用遞減，甚至出現負增長。

那個週末他們相約到圖書館，搜集經濟科報告的資料。之後學仁説時間尚早，提議一起看場電影，思儉卻一口拒絕了，説還有地理科的功課要做。學仁説他哥哥帶了朋友回家玩，他答應了晚上才回去，下午沒有着落。但思儉實在不願支出時間和金錢，他只想早點回家玩一會新買的電腦遊戲軟件。學仁顯然有點不悦了，説思儉不夠朋友；但思儉卻重申自由浮動的必要，自由選擇不應該受到干預。結果大家不歡而散。

需求定律：當價格上升，數量便相應下降，反之亦然。

供應定律：當價格上升，數量亦隨之上升，反之亦然。

思儉很早就體會到，人的感情是有一定限量的，所以才會出現供求的問題。在小他五歲的弟弟出世的時候，他便明白這個道理。他發現爸爸媽媽對他的關注，在供應量上大大減少了，但他的需求反而在不斷上升之中，這使他在家中的價值忽然下降了。起先他感到十分不快樂，常常做出古怪的行為來吸引父母的注意，但卻換來無情的責罵。於是思儉開始了解，人的感情供應是缺乏彈性的，無法因應更大和更多的需求而隨意增加。他諒解他的父母，但也學會調整自己的感情經濟條件，以達至自給自足，不假外求的境界。依賴別人提供感情需求上的滿足，只會削弱自己的競爭力。思儉開始奉行保護主義，大幅提高出口，減少入口。不少人還認為思儉樂於助人，對他有良好的印象。只是，能夠打進他的內心而成為知己的，幾乎沒有。

和學仁的關係，也出現了一個供求失衡的調整期。由於學仁的供應大幅飆升，而思儉的需求急劇下降，學仁的友誼價值已經跌破底線，連大減價也於事無補了。思儉開始故意不接學仁的電話，下課後又避開他，跟大夥兒混在一起。他這樣做很明顯是採取拖延的政策，讓學仁自覺無利可圖，轉移投資目標。思儉當然無意把學仁迫至破產的邊緣。在他的觀念中，沒有人會不計成本、毫無條件地付出自己的感情。他預計學仁很快便會對他失去興趣，到時大家亦兩不相欠。

我們不應過分怪責思儉冷血無情或者見利忘義，人際關係往往是複雜多變、令人茫然失所的。許多青少年在練就成年人的鐵石心腸和多疑善變之前，也曾吃過感情瓜葛的苦頭。思儉其實不過想藉着一套能夠自圓其說的邏輯，為紛亂糾纏的人事世界整理出一個可掌握和可預知的秩序。供求定律非常理想地為他提供了衡量人際交往的準繩，令他的人生免於陷入徬徨痛苦的混亂狀態之中；所以，跟大部分青年不一樣，思儉在整個中學生涯的作文課中，也沒有寫過一篇無病呻吟或「為賦新詞強說愁」的文章，並且常常被老師形容為「積極」、「樂觀」和「進取」。相反地，學仁是屬於那種春風秋雨感時傷世自怨自艾的文藝青年。難怪他們在短暫的互惠互利之後，不得不拆夥分家。

需求彈性（price elasticity of demand）**：衡量一項物品的需求數量對價格轉變的反應程度。**

供應彈性（price elasticity of supply）**：衡量一項物品的供應數量對價格轉變的反應程度。**

情感很多時候是不可理喻的，就像學仁明明看穿了思儉的計算，但他卻不肯相信自己的真誠換來的只是欺騙和冷落。我們也不能因此而説學仁是錯誤的，或是愚蠢的，一切不過是由於他跟思儉有着完全不同的一套思想邏輯吧！

我們嘗試再從思儉的立場審視，便可以得出一個截然不同的結論，看出一個情態迥異的面貌。學仁之所以會在思儉的眼中迅速失去吸引力，並不在於他自身性格的缺陷，或者是思儉性格的缺陷，而主要是由於他的友誼有着極大的需求彈性。需求彈性大意味着市場上存在着較為大量能滿足相同需求的替代品，亦即是説，除了學仁，思儉還可以選擇維忠、明德、國強等作為朋友。換句話説，學仁、維忠、明德、國強等也同屬競爭性需求，價值的轉變很容易影響思儉作出不同的選取。這有異於完全無彈性的需求，例如，無論經濟科老師的教學水平多差勁，思儉也別無選擇加以替代，是以數量需求永遠維持不變。

所以，當思儉發現明德廣通渠道，獲取他校補充講義時，明德的競爭力便明顯比學仁強勁了，而思儉對明德的需求亦隨之而增加。思儉手上當然亦握有甚具交換價值的籌碼，例如全班第三的成績、副班長的地位和老師的信任。由於均衡的供求條件，雙方很快便取得默契，發展起來的友誼運作得相當順利，大家也在精神上和學業上獲得了可觀的收益。至於學仁，則常常獨自躲在圖書館。

那是經濟科測驗的前一天，下課後思儉發現自己的經濟筆記丟失了，在校內四處搜尋不獲。剛巧碰見明德，於是便問他借筆記影印。明德支吾半晌，說筆記在家中，沒有帶回來，說罷便匆匆離去。思儉後悔沒有早點發現，到那時候同班同學已經走光了，可謂求救無門。結果思儉惟有回家，靠隱約的一點記憶重新默寫筆記。晚飯前，學仁打電話來，說：「放學後在巴士站遇見明德，聽說你丟了筆記，我給你影印了一份，現在就在你樓下，你下來拿吧！」

結果思儉拿了全班最高分，但對於學仁的幫助，他只視為一次善意的黑市交易。

思儉和明德繼續維持良好的貿易夥伴關係，成績斐然。學仁依舊獨來獨往，門戶緊閉。

友誼萬歲！

Chinese History
逐鹿科場

試述明清科舉制的影響

一、仕途不公——明代風尚重進士、翰林，有「非進士不入翰林，非翰林不入內閣」之說，致使仕途上有「清濁」之分。進士及第，稱為「清流」，舉人、秀才，稱為「濁流」。「濁流」中縱有才學、政績俱佳之士，亦往往難以升任高官。

自從在中學中史課上認識到唐代歷史，李世民便開始覺得自己必定有非凡的命運。但這個信念在中四選科分班的時候，卻遭受到一次嚴重的打擊——李世民因為成績差勁，被編配到文科班去。須知道在一間男校，要進入理科班是一場你死我活的鬥爭，而文科班則無異於失敗者的流放地、渣滓的沉澱層。

念文科班的初期，李世民的確度過了一段沮喪的日子。班中四十人，只有十人是自願選文科的。而這十人之中，至少有九人是由於明知自己沒有能力考進理科班，才「主動」選讀文科。李世民環顧課室，四周盡是烏合之眾、散兵游勇，全都無心戀戰，對班對學校也沒有歸屬感。上課的時候睡覺的睡覺，吵鬧的吵鬧，但卻沒有出過一個真正的壞蛋。連壞事也幹不出來，意志消沉可見一斑，李世民不禁搖頭歎息。他一直也幻想自己是唐太宗李世民再世，將來必定幹一番大事業。想不到升上中四，自己便淪落到這地步。

李世民自此常常有被看不起的感覺，碰見念理科的舊同學，雖然也會看似若無其事地瞎聊幾句，但他總覺得對方的眼中同時流露着憐憫和鄙夷。漸漸地，他就跟一些舊朋友疏遠了。他就像陷入了泥淖之中，不能自拔。所謂出於污泥而不染，談何容易？

但李世民對中史科還是有一點點興趣的，因為他常常把歷史當作小説來理解，而這小説又峰迴路轉，煞是好看。在同學眼中至為沉悶的中史，卻為李世民帶來念文科的惟一樂趣。他養成了用歷史故事比類四周人事的習慣，雖然不免穿鑿附會，自相矛盾，但當中卻不乏一點點對世情的洞悉。這完全是受到班主任兼中史科老師劉文清借古諷今的癖好所影響。念文科固然是一項恥辱，教文科也是一項苦差。被指派任教文科班的老師，往往是校內權力鬥爭的犧牲者，多少有點被貶謫的味道。就像劉文清老師，原本是繼任中文科科主任呼聲甚高的人選，但聽聞被同事楊老師以讒言中傷，結果校長以莫須有之罪名褫取了他升遷的機會，讓奸臣秦檜坐上科主任的寶座。自此楊老師越發趾高氣揚，而劉文清則壯志未酬，只得偏安江左，期待一日收復舊山河。

二、箝制民智——明清科舉命題限於四書五經，士子只能代聖賢立言，不能抒發己見，扼殺獨立思考，遂使民智閉塞，科舉亦淪為思想統制之手段。

李世民的成績雖然強差人意，但他的好處在於好懷疑、每事問。然而，他的優點亦同時是他的弱點，為他帶來不幸的結局，因為在李世民身處的教育制度之下，懷疑和發問是獲取優良成績的重大障礙。由於劉文清老師常常在中史課上借題發揮，感懷身世，在談到中國歷史上並不缺乏的陷害忠良的故事時含沙射影，所以他對李世民的諸多提問並不感到煩厭，反而火上加油，愈說便愈興奮。反之，中文科的楊老師則對李世民的「好學」極為反感，認為他不過是想擾亂秩序，引人注意。

後來，在一篇題為〈論團結就是力量〉的中文作文中，李世民不知怎的就談到清末的義和拳，說這幫人迷信神功護體的確是愚昧，但若果當時中國人民團結一致，八國聯軍也未必能夠輕易攻陷北京城。文章末尾，忽又論及班中當下的處境，呼籲同學發揮團結的精神，奮發圖強，「扶清滅洋」。文章思路頗亂，邏輯不通，末尾一句「扶清滅洋」，本來可能只是一時戲語，但楊老師卻解讀出一個驚天動地的大陰謀。他一口認定這是劉文清利用學生來顛覆他，拉着李世民審問了半天。李世民莫名其妙，什麼也説不出來，結果便拿了個不及格。他終於體味到文字獄是什麼意思。

楊老師之所以會捕風捉影，完全是由於他一直覬覦着副校長的職位，任何不利於他的傳言也可能會影響他的前途。所以他除了打擊了李世民的心理，還沒收了他的文章，偷偷毀掉，以撲滅任何反對勢力的萌芽。李世民把這一幕焚書坑儒看在眼裏，竟然有一點點為自己的犧牲而得意，因為自己畢竟也在一場歷史鬧劇中扮演過一個舉足輕重的角色。

事情的發展實在出人意表，鬱鬱不得志的劉文清老師後來向李世民和他的同學透露，陳校長因為身患頑疾，突然向校董會請辭，英文科科主任趙老師跟校董會素有聯繫，又私下取得了五個科主任的支持，來一招黃袍加身，當上了代校長，説不定明年還會接受正式委任。在趙代校長宴請各科主任的一場飯局中，楊老師的權力還在杯酒談笑之間被釋去，副校長一職亦由趙代校長的親信補上。

三、難選真材——明清科舉因命題狹窄，士子往往能先擬寫一、二百題，或竊取他人文章加以記誦，亦可僥倖中選。加上士子埋首於僵化之八股文，忽視修身治人之道，令中選者的才能和人格素質成疑。

李世民對中史的興趣，讓他提早領略到人世間的醜惡。一部中學會考試題精讀，充斥着的不是國族間的互相廝殺就是朝野上下的背叛、傾軋和鬥爭。像貞觀之治之類的光輝圖景，只屬偶然事件。一般來説，歷史造像就如同曝光不足的照片，總是比較陰暗的。李世民明白了這個道理之後，也懶得再去理會劉文清老師的校園版歷史演義了。

雖然李世民仍沒法擺脱念文科沒出息的陰影，但既然這是個沒法改變的事實，自暴自棄也於事無補。在這種時刻，他的名字總給他激勵。他甚至首次感謝父母給他起了一個如此振奮人心的名字，讓中國歷史上最偉大的皇帝的靈魂常常給他護佑和鞭策。當然，李世民的父母當年並沒有考慮到這些，他們甚至不知道一千三百多年前曾經有一個叫做李世民的人，在史稱玄武門之變的事件中，殺了自己的親兄弟登上了帝位，而且還成了流芳百世的好皇帝。

李世民很快便理解到，要在中史科拿取好成績，惟一的祕訣就是要有良好的記憶力。他得收斂一下他多疑好問的作風，以老師和會考精讀的指導為依歸，泯滅個人的風格，讓自己的腦袋像影印機一樣，在試卷上複製標準的答案。但這跟他想像中的終極楷模唐太宗李世民的桀驁不馴，卻又是那麼的大相逕庭啊！但為了達到目的，又有什麼是不能做的呢？當年李世民不就是為了皇位而連親兄弟也不放過嗎？成王敗寇，在歷史上幾乎成了定律。後人只記得李世民的豐功偉績，誰又會譴責他曾經伏殺過自己的兄弟？於是，李世民又體會到，歷史是只講效果，不講道義的。

但令李世民感到氣憤的是，除了記性好之外，原來速度和字迹也是重要的因素。把精讀背得滾瓜爛熟，並不是一件太困難的事情，要寫得又快又清楚，才是取勝的關鍵。在一次期考中，李世民就是因為字迹潦草而敗在書獃子林誦強的手上。當李世民升上中五，他還認識到鑽研試題走勢的重要性。在這方面，劉文清老師一向也有諸葛神算的稱號，使不少平素上課蒙頭大睡的同學，也未至於會考成績全軍覆沒，結束中學生涯。

四、文化落後——明清之際，西方科技突飛猛進，中國士子卻為謀功名，埋首於陳腐之八股文中，忽視學術研究，致使文化及科技日漸落後於西方。

李世民實在不能不感謝中史和其他十分強調背誦的科目。因為有背誦這種學習方式，李世民終於發現了自己還是可以在中學的崎嶇路途上走下去的。也感謝同班的三十多位自甘墮落的文科班同學，使李世民在學生生涯中首次嘗到了名列前茅的滋味，並且漸漸建立起一種自信來。憑着這一點點自信，以及兩年來掌握到的應付會考的竅訣，李世民竟然能在會考中取得不太難看的成績，並且有幸能在原校升讀中六。多少莘莘學子，就像李世民一樣，靠着對考試制度的強韌適應力，毋須對學科有深刻的領會，便能夠踏上預科以至於大學的金光大道。

會考後大部分考不上的同學便作鳥獸散，只剩下寥寥幾個倖存者打算搞搞什麼謝師宴；但負責的同學收了錢便失去影蹤，吞金滅「餸」，弄得一場空。幾個劉文清老師的得意門生還是私下請他吃了一頓晚飯，算是感謝他的獨家貼士。劉文清難免又提到校內的風雲變幻，罵正式由英文科科主任晉升為校長的趙老師挾洋自重，組織英文科的勢力打擊中文科。又說自己正聯繫各方義士，搜集趙校長的罪證，準備隨時揭竿起義，驅逐胡虜，恢復中華。李世民在飯桌上看着酒意漸濃的劉文清老師，忽然發現，他就像那些前朝遺老，在懷緬往日光輝的日子中變得瘋瘋癲癲。

李世民忽然喪失了從歷史故事的角度觀察人生的興趣，覺得這種比附實在無聊透頂。歷史就是一個科目吧，讀歷史就是藉以升級和獲取學位的一個手段吧。混淆了歷史與現實，結果就會像劉文清老師一樣，活在虛幻的大氣魄和大激情之中。而歷史本身是沒有什麼氣魄、沒有什麼激情的。它只是一個巨輪，一路滾下來，壓死了許多人，後人便誤把飛濺的血水當作盛放的鮮花。李世民終於了解到，念文科班並沒有什麼值得可恥的地方，因為文科生也同樣要受到考試制度嚴峻的考驗；而通過了考驗，你便會自覺自己更像一個有價值的人。李世民又明白到，叫做李世民其實並不是特別值得驕傲的事情，因為在普遍缺乏歷史知識和歷史感情的社會中，李世民遠遠不及香港首富李嘉誠受人景仰、羨慕、崇拜。

升上中六後，李世民漸漸疏遠了劉文清老師。李世民仍然選修中史，並且努力搜羅和整理更多的精讀材料，為另一場更艱苦的戰鬥作好準備。

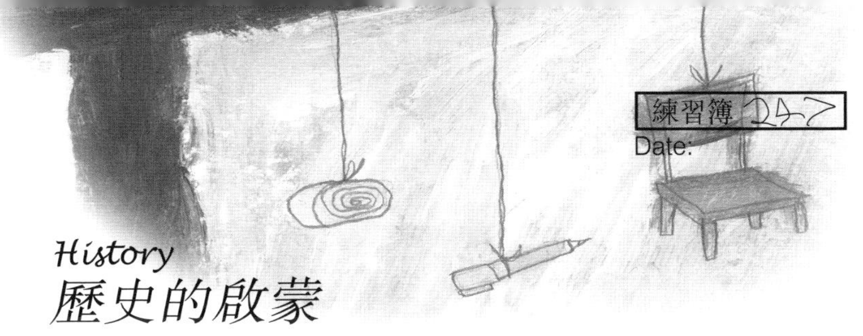

History
歷史的啟蒙

何謂「啟蒙運動」？此運動與美國獨立戰爭有何關係？試分述之。

所謂「啟蒙」，就是個人或羣體在成長的過程中擺脱蒙昧無知而邁向成熟的一個必經階段。在歷史上這是十七、十八世紀於歐洲興起的一個運動，主張以理性為社會發展進程的惟一和最高原則。在個人的層面，這亦可以被視為個人理性思維的開發和培養。但「啟蒙」亦往往同時是一個體會和學習面對成人社會中種種不十分純真和光明的現實的過程。在這現實中充滿着壓迫與革命、統一與獨立、內憂與外患、侵略與防衛、吞併與分裂、腐敗與維新等常常以歷史形態呈現的人際關係模式。

所以，我們可以説，劉國邦的啟蒙始自他意欲脱離父母的監管而獨立的企圖。雖然劉國邦只是一個中四學生，但他對父母的嚴厲而有時候不太講理的管教已經感到巨大的嫌惡。他認為自己的知識水平已經比沒有受過什麼教育的父母高出許多，自己沒有理由再常常聽命於他們的指揮。父母常常無理地剋扣他的零用錢，又對他課餘的活動作出諸多限制，例如不准他到遊戲機中心打機，禁止他星期天外出，竊聽他和同學的電話談話等。凡此種種，劉國邦莫不感到極大的憤慨。於是他在私下覓得一份給低年班同學補習數學的兼職之後，便決心脫離父母的牽制，宣佈獨立，以後也不再聽命於父母。他的獨立宣言明確地指出他對於自己的天賦人權的訴求，以及對自由民主家庭的嚮往。但他的獨立行動很快便因為在衣、食、住、行各方面上缺乏資源而終告失敗。不過，劉國邦相信，待將來有一天出來工作，獨立運動便可以東山再起。

俾斯麥何以有「鐵血宰相」之稱？試從德意志的統一經過加以說明。

　　在家庭裏遭受的挫折並未打擊劉國邦的意志，這不過令他把野心和精力轉移到其他方面去。在劉國邦就讀的學校後面，有一個公共足球場。鄰近的幾間學校的學生，也會在課後聚集在球場內玩耍。但球場只有那一個，所以各方面不時會為爭奪場地而發生小規模衝突。屬於劉國邦的學校的一夥，因為有如一盤散沙，所以往往在列強的爭奪中吃虧。劉國邦對這種情形實在痛心疾首，他認為非用鐵和血的手段不足以把局勢扭轉。

首先，他帶領着實力較強的幾個中四同學，向看來不堪一擊的某校小幫挑戰，聲明誰輸了誰就不許再在此球場出現，結果輕易地把對手解決了。接着，劉國邦決定把威脅較大而一向又比較親近的另一幫人消除，因為他們是妨礙團結的最大障礙。此役得勝後，劉國邦的勢力已經十分穩固，可以打擊向來最強大的某敵對學校的隊伍。這場比賽廝殺得天昏地暗，劉國邦一方連什麼最粗暴野蠻的手段也使出來了，於是對方只有被圍攻的份兒，慘敗而終。至此，劉國邦學校的一夥人不再像散兵游勇，給人欺負，而是一個富強的大一統陣營，在球場上稱王稱霸。

試析述列強在巴爾幹半島的衝突，如何導致第一次世界大戰。

劉國邦一夥在球場上的地位並未維持了很久，便再次受到挑戰。事情的緣起是球場旁邊的小公園的爭奪。為了爭奪小公園的控制權，不同的學校黨派分別結成同盟，形成兩個對立的陣營。某天，屬於劉國邦一方的一名男生在進入小公園時遭到伏擊，他的同黨向對方發出最後通牒，要求道歉和賠償，並且保證以後不再作出對抗的行為。對方不答應，於是便牽連到其他盟友，互相向對方宣戰，局勢一發不可收拾。

那天放學後，球場上殺聲震天，但卻不是在進行球賽。數間學校的滋事分子在球場上展開混戰，後來某方得到來自另一地區的學校的大軍支援，取得了最後的勝利，並且在各校訓導老師趕到之前逃之夭夭。劉國邦除了身上多處損傷，還給校方記了大過，此外又要接受大量的罰抄、多天的留堂和特別監管，作為發動和參與大戰的懲罰。這是劉國邦最為沮喪的時刻，而懲罰並未令他產生悔意，反而教他更加忿忿不平，心內充滿着報仇雪恥的情緒。在強力的壓制下，這股情緒將會從另外的途徑得到宣洩。

第二次中日戰爭發生後，國共關係發展如何？於一九四六年間國共又何以爆發全面性的武裝衝突？試詳述之。

雖然劉國邦和他的同伴們的校際領導地位已經一去不返，但他們還是經常在球場上留連，期望一天能收復失地。這個時期有一股新興勢力剛剛崛起，並且不斷向劉國邦他們作出挑釁。這幫人有精湛的球技和優良的裝備，在多次小規模的交手中也輕易把劉國邦的部隊擊潰。這使他們更加得寸進尺，有恃無恐，企圖把劉國邦在龍門周圍一帶的根據地侵吞。

在這時候，劉國邦的陣營內，不幸發生了分裂和內訌，他的戰友毛頭在暗地裏建立自己的勢力，主張把夥伴間的金錢利益平均分配，而不是落在少數特權階級手中，這其實就是挑戰劉國邦的領導地位。毛頭和劉國邦的衝突日漸明朗化，雙方也有自己的支持者。彼此雖然在共同對付外敵的時候維持着短暫的合作關係，但大部分的時間卻想盡辦法削弱對方的實力。在一次聯合對付侵略者的行動中，毛頭的手下竟然偷襲劉國邦的後方，在他的屁股上狠狠地蹬了一腳。

更不幸的是，劉國邦的內心也產生了內戰——他喜歡了敵方學校的一個女孩子。這個女孩子常常跟隨她的同學來到球場，坐在一旁觀看他們比賽，在戰情緊急的時候充當啦啦隊，有隊員受傷了便充當護士。劉國邦常常因為這個女孩子而在作賽的時候心不在焉，多次導致嚴重的失誤。內心的矛盾令他變得不堪一擊，在忠誠和背叛間他實在難以取捨，兩股分裂開來的力量在他的心中激烈地交戰。他的失神狀態竟然給毛頭看穿了，他被指為賣國賊、叛徒、敵人偽共榮政策的支持者。劉國邦終於眾叛親離，被逐出球隊，結束他的風雲歲月。

日本推行明治維新，不出三十年而躍居世界列強地位，試論述其維新成功因素。

劉國邦的失敗帶給他難得的反思機會，他開始理解到從前的不足，決意要把自己全面維新，做一個在各方面也真正具有實力的強者。改革的第一步是提升自己的知識水平。他開始努力追上學校功課的進度，把荒廢日久的學業重新整頓起來。此外他又繼續運動，保持強健的體魄，但他已經沒有到球場去踢球了，改為獨自到泳池游泳。在劉國邦自我改革的決心背後的最大原動力，就是有一天能以最完美的狀態在那個女孩子面前出現，以最優越的條件贏取她的芳心。

雖然劉國邦已經脫離了球場上的列強爭霸，但他並沒有忽視女孩子的動向。他甚至曾經偷偷跟蹤女孩子回家，以確保以後能在適當的時機展開行動。劉國邦的成績當然沒有可能一下子突飛猛進，但老師和同學們也察覺到顯著的改變，大家也嘖嘖稱奇。沒有人知道，這其實是愛情的魔力。雖然，愛情在歷史現實中，好像從來沒有發揮過什麼作用。

一八四〇年，中英爆發鴉片戰爭，試析述此戰爭發生的原因及經過。

但愛情亦常常不免帶有侵略的成分，它往往只是佔有慾的代名詞。經過幾個月的努力，在升中五的暑假來臨的時候，劉國邦已經不是往日只懂以武力解決問題的小惡霸了。至少，他漸漸懂得替武力披上文明的外衣，甚至對自己美好的意圖深信不疑。

劉國邦覺得時機已經成熟，企圖叩響女孩子心中的大門。他每天也來到女孩子家的樓下，等待跟她正面接觸的機會。他上前，劈頭一句便說：可以跟你做朋友嗎？劉國邦認為，表明交往的意圖是最光明正大不過的事情，怎料女孩子卻嚇得魂飛魄散，連忙閃身躲進大廈大堂，把鐵閘牢牢的關上。劉國邦並不氣餒，繼續以各種方法令女孩子開放門戶。他開始寫信給她，並且在信中抄寫他並不理解的流行小說愛情金句；但她連一眼也不看便把信丟進垃圾箱。劉國邦知道，他要面對的是一個十分頑固的對手。

劉國邦深信有一天能打動女孩的心，但唐突的癡纏畢竟不是辦法，他得在女孩的生活範圍內找一塊踏腳石。於是，他再次回到球場上，並向女孩的同學們表示友好，慢慢跟他們混熟了，也就取得跟女孩的聯繫。他很快便知道女孩叫做江美美，今年升中四。在球場上，劉國邦回復了往昔的自信，甚至表現得更英姿勃發，江美美對他的防備也就鬆懈下來。他和她之間已經開始了非正式的交流，他還把一本他認為十分感人的流行愛情小説借給她。愛情小説就像鴉片一樣，當你看上了癮，便不能自拔，而且分不清現實與虛幻、真與假。

那一天，江美美終於讓劉國邦送她回家。他也乘勝追擊，一直突進到電梯內，並且強行在她臉上吻了一下，又向她索取電話號碼。江美美堅守多時的閉關政策，在一刻間被攻破，一時不知所措，糊塗地許下了一些喪失主權的諾言。而劉國邦則進一步鞏固了自己的影響力，積極地計劃着下一步的索求。

試論述法國大革命的重要成就和持續性影響。

在劉國邦和江美美的短暫初戀關係之中，強烈的渴望、嫉妒和焦慮令愛情專制的一面表露無遺。愛之愈深，劉國邦便愈希望能把江美美獨佔。他開始禁止她再到球場去，下課後便立刻到約定的地點跟他見面。他要求知道關於她的一切，要她坦白地披露跟其他男孩子談話的內容；甚至連她跟要好的同性朋友多講一會電話、多上一次街，他也顯示出難以稀釋的醋意。他要求的是百分之一百的忠誠和專注。

江美美開始感到不對勁了，在劉國邦密不透風的關愛下，她差點兒要窒息了。她渴望的不是聲稱可以保護她的銅牆鐵壁，而是一個廣闊無邊的草坪。她需要清風和溫暖的陽光。她很快便對劉國邦所提供的愛情小説失去興趣，在她的心目中，愛情並不是這樣的一回事。而且，她總覺得愛情對她來説是太早了，她還有許多要好的朋友，許多值得關注的事情。把所有的愛也統統留給一個人，也就是把她年輕人生的無限可能性全抹殺了。又或許，江美美其實正在追尋另一種愛情的方式。

戀情的結束並不一定是壞事。舊的東西不拉倒，新的東西便無從建立。劉國邦雖然感到仿如被送上斷頭台般的痛楚，但他也在愛情幻滅的一刻醒覺到，江美美對自由、平等和博愛的追求，跟自己當初對家庭的不滿是同出一轍的。想不到自己在不知不覺間繼承了父母的專制，也嘗到了被推翻、被摒棄的滋味。

也許，這就是啟蒙過程中無可避免的苦澀。

Chinese Language
歸去來兮？

余家貧，耕植不足以自給；幼稚盈室，缾無儲粟，生生所資，未見其術。

自從去年從男童院回家，陶志遠便發誓，以後也不會走回那條老路。想不到這個誓言只能維持不足一年的時間。

小阮出事那一天，細超十萬火急跑到夜校找志遠，也顧不得他正在上課，衝進課室去拉着人便走。志遠出來，聽細超説明原委，時間彷彿停頓了半秒。在這半秒之間，陶志遠就像忽然被推到懸崖邊緣一樣，他知道這是一條不歸路，但為了小阮，他還是決定縱身向前。也許，這是因為小阮有點像他已死去的妹妹。

陶志遠拿着課本跟細超離開夜校的時候，中文老師正在講解陶潛的〈歸去來辭〉。

小阮從前曾經跟志遠一夥混過，後來志遠出了事，他的同黨便作鳥獸散。志遠從男童院出來不久，在薄餅店找到工作，在店裏重遇小阮。當時她正跟一羣金髮少年一起，看見穿着紅色服務員制服的志遠，瞪着眼看了半天。臨走前，小阮跑過去拉着志遠，説差點認不得她心中的大英雄。志遠只是苦笑了一下。

後來，小阮竟然跑到夜校門口等志遠放學。她上下打量着志遠身上殘舊的汗衫、牛仔褲和球鞋，似乎對志遠不復當年的帥哥模樣感到有點失望。那年頭，志遠參與了一些不法勾當，手頭從不缺錢，打扮也永遠走在人家前頭。志遠十分理解她的失望，但今天的他已經不會為了金錢而無所不為。他照樣住在慈雲山的公共屋邨，照樣有一雙嗜賭成性的父母，照樣有弟妹要照顧；惟一不同的，是他最疼的一個妹妹不在了。志遠的轉變，也許不是感化院的功勞，而是以他妹妹的生命作為代價的。自從失去了妹妹，他開始理解到許多他一直在追求的事情，其實並沒有什麼價值。

但小阮跟他妹妹一樣的單純，以為快樂就是名牌衣服、男朋友、吃喝玩樂加在一起。為了得到這種快樂，她們有不惜一切的決心。對於志遠竟然會再念書，小阮簡直感到不可思議。她老早就告別了費煞思量改裝校服的生涯了，雖然她只有十六歲。志遠當然知道她哪裏來那麼多的錢把自己裝扮成二十出頭的女郎，但他什麼也沒説。這是人家的事情。他説過，他跟這一切也沒有關係了。他只想回到那狹陋的家，好好睡一覺。

質性自然，非矯厲所得；飢凍雖切，違己交病。嘗從人事，皆口腹自役；於是悵然慷慨，深媿平生之志。

陶志遠雖然不是讀書的料子，但他對某些滿懷放達之志的古典詩文並不是沒有感覺的。他從小就覺得自己不是一個能忍受束縛的人，所以他年紀還很小的時候已經學會視父母為無物，而碰巧他的父母又的確是並不特別值得尊重的人物，一種互相疏忽以至漠視的情況給與了志遠同年齡孩子所沒有的放任和自由。

除了家庭，成長中的孩子最大的樊籠當然就是學校。在那個時期，志遠對於自然自得的追求，完全是建基於與學校相對的價值標準上。一切跟學校的要求相反的，就是自我的體現。於是，陶志遠滿懷大志地當上了校內的壞分子。

如果陶志遠早生千百年，或許他會成為仗劍行游的俠客，説不定還能夠寫幾句摒世棄俗、慷慨率性的詩歌，名垂千古。可惜的是，陶志遠心中曖昧萌生的志向，在現代的社會制度下卻得到了扭曲的表達。反叛者到頭來反給反叛控制了，許多壞事也是利用反叛者的勇猛和盲從才能幹出來的。陶志遠努力地學習電影上的黑道英雄和現實中的不良分子頭頭的作為，以為逃出學校便海闊天空，其實自己不過是惡勢力的鷹犬。回到家裏，他還公然讓自己成為弟妹的榜樣。後來他還不時帶着最崇拜他的二妹出去見見世面，把妹妹裝扮得像霓虹光管招牌一樣艷麗奪目。妹妹很快便學會了抽煙、吸天拿水、喝咳水、吞丸仔。做哥哥的只是覺得她愈長愈美麗。

陶志遠的率性不單沒有帶給他真正的自由，它反而令他失去了自由。當另一幫不法分子向他所建立起來的陣營挑釁，並在意圖佔奪他們的地盤的時候，打傷了他的一名兄弟，他便毫不猶豫地進行了反擊。在毆鬥之中，他重創了幾名敵人，但他的左腳也受到了永久性的傷害。他以後走路也微拐。在他被送進男童院的第二天，他妹妹和一羣迷幻少年在飆車的時候，遇上交通意外身亡，汽車衝出天橋，飛行數十公尺墮下山坡。

歸去來兮，田園將蕪胡不歸！既自以心為形役，奚惆悵而獨悲？悟已往之不諫，知來者之可追。實迷途其未遠，覺今是而昨非。

陶志遠常常想，要不是妹妹的犧牲，他也不會這樣輕易覺悟過來。他甚至相信妹妹是為他而死的，她荒謬而悲哀的下場完全是他一手造成的，他得對這負上責任，並且以他的餘生作出補贖。在一夜間，志遠洗心革面了。

對小阮的關注，也許就是出自他的補贖心理。他認為自己並沒有喜歡過小阮，從前沒有，後來也沒有，但他總沒法制止自己在小阮身上看見自己的妹妹。她們有着同樣的鮮艷和青春，也有着相同的迷惘和失落。她們感到孤獨，所以她們需要大量的官能刺激，來充塞每一個可能漏出空虛感的空間。這種官能追逐一開始，她們便沒法停下來，沒法擺脱那種身不由己的慣性，直至體內的能量消耗殆盡。她們從來不懂得什麼是恬靜，什麼是閒適，因為她們害怕面對自己。志遠想像，也許他能夠為她做些什麼。

志遠雖然已經不是從前那個人了，但小阮還是繼續來找他。志遠的巨大轉變為他製造了新的魅力。從前的他以力服人；現在的他，以意志。可是小阮並未完全掌握到這是怎樣的一種意志，她只是崇拜志遠，覺得他非同凡響，特別是他曾經犯過事，她身邊的黃毛小子和志遠根本不可同日而語。志遠嘗試利用她錯誤的仰慕，誘導她對正當的事情產生興趣，例如學習的樂趣、簡單生活的滋味。每次小阮也是似聽非聽，似懂非懂，只是望着他笑，笑得很甜美，甜美得差點讓人迷失。志遠當然知道，和小阮的關係就是他跟舊日的黑暗世界的橋樑，他可以把她拉過來，她也同樣可以把他拉過去。

乃瞻衡宇，載欣載奔。僮僕歡迎，稚子候門。三逕就荒，松菊猶存。携幼入室，有酒盈罇。引壺觴以自酌，眄庭柯以怡顏。倚南窗以寄傲，審容膝之易安。

事實上，要把陶志遠拉過去，並不是太困難的。沒錯，他在離開男童院的時候的確是下過誓言，但浪子回家的路並不是易走的，特別是當他的家並不是一個可供棲歇的安樂窩。

那一天志遠是懷着多麼欣喜和充滿期望的心情回到自己的家裏去。就算沒有人來接他，也沒關係。他在熟悉的巴士站下車，提着小行囊，穿過頭上掛滿了晾曬衣物的街巷，親切地瞄了瞄路旁的熟食攤檔。一年來，這一切並沒有多大轉變。抬起頭來，在密密麻麻的屋邨單位中，志遠毫無困難地辨出自己家的窗子，窗外依然掛着那幾盆半死不活的盆栽。他飛奔到電梯間，急不及待地把按鈕揿了又揿。來到家門，又以同樣顫抖的手指揿了門鈴，但沒有人來應門。

他是自己掏鑰匙開門進去的。家裏依樣凌亂，沒有半點迎接他回來的迹象。爸媽大概又是各自搏殺去了。三弟和四妹不知是上學還是逃學了，總之是不在家。沒有人在等他，沒有人理會他回來與否。他有點口渴，想倒一杯水，但家裏的水壺全都是空的。打開雪櫃，也沒有可以喝的東西。這就是他日夕期望着回來的家，就是他在外面經受創傷，盼望着回來尋找撫慰和療養的庇護所。志遠深深歎了一口氣，讓額頭抵在冰冷的窗框上，呆呆眺望樓下球場上一羣無所事事的少年。少年們竭力表現歡愉，把球擲來擲去。他們像螞蟻一樣脆弱。

歸去來兮，請息交以絕游。世與我而相違，復駕言兮焉求！悅親戚之情話，樂琴書以消憂。

陶志遠決心跟從前的一切斷絕關係。看着家中妹妹的遺物，他決志要重新做人。他盡了一切努力避開從前的夥伴和仇敵，不再踏足從前留連的地方。他甚至願意過一種隱士的生活，每天除了上下班便躲在家中，以孤寂來為以往的惡行贖罪。後來他重新念書，晚上的時間便正好用來溫習。而他之所以念書，也並不是為了什麼遠大的計劃，而只是把念書視為一種無害的度日方法。念書，至少令他有充實和上進的感覺。

父母的冷漠起先有點令志遠驚訝。他們甚至沒有怪責他和怨恨他，就好像並不知道他整年沒有回家一樣，完全無視於他的存在。更令志遠心痛的是他的弟妹。他們已經不像從前一樣敬畏他，反而對他顯示出令人難以承受的輕蔑。在他們的心中，大哥是害死他們二姊的兇手。但他們依然重蹈志遠的覆轍，彷彿別無選擇。

不知是沒有人察覺到志遠的轉變，還是不在乎他的轉變，志遠只能在毫無鼓勵下獨自信守自己的誓言。令他意想不到的是，家人對家缺乏歸屬感，反而令空洞的家中常常得以維持一種不可多得的寧靜。志遠終於明白「大隱隱於市」的道理。

已矣乎，寓形宇內復幾時，曷不委心任去留。胡為乎遑遑欲何之？富貴非吾願，帝鄉不可期。懷良辰以孤往，或植杖而耘耔。登東皋以舒嘯，臨清流而賦詩。聊乘化以歸盡，樂夫天命復奚疑。

跟小阮交往，一直也給志遠一種不祥的預兆。他感到前所未有的無力，彷彿看到自己妹妹的命運將會在小阮身上重複發生。但他又不忍心撇下小阮不理，他覺得自己有一種類似大哥對妹妹的責任。他就像一個凡心未盡的隱士、一個俗念未除的僧人，為了那一絲的牽繫而斷送隱逸的恬靜，葬喪半生的修行。人生的去向往往並不全然掌握在自己的手中。

當志遠從細超口中得知小阮出了事，他立刻感到了無邊的沮喪。他老早就知道這樣的事情終有一天要發生，而他也終要按照命運的安排作出相應的行動。小阮在外面得罪了一幫人，還四處張揚說志遠是她的男朋友。她以為所有人也像她一樣還惦記着昔日的英雄。那幫人連聽也沒聽過志遠的名字。那天晚上，他們便在細超一夥人的面前把小阮脅走了。

陶志遠左腿微拐，在夜色迷離的街頭疾走，書包內藏着剛從工地撿回來的鐵枝。他彷彿覺得妹妹還沒有死去，她就在城市裏的某個角落，等待着他的拯救。為了她，他不得不放棄他心性的惟一追求。他離家愈來愈遠了，但又好像愈走愈近。來來去去，來也是去，去也是來。究竟哪裏才是他的歸宿？是沉寂還是喧囂？是澹泊還是糜爛？是平靜還是激越？

他不知道為什麼，耳邊不斷響起的，是老師剛教過的課文的兩句：聊乘化以歸盡，樂夫天命復奚疑。

句子跟志遠的故事原本就是毫不相干的。